2061: 太空漫游

读客®

读客科幻文库

跟着读客读科幻，经典科幻全看遍。

2061
太空漫游

［英］阿瑟·克拉克 著

张启阳 译

上海文艺出版社

本书图片均来自1968年电影《2001：太空漫游》，斯坦利·库布里克执导。

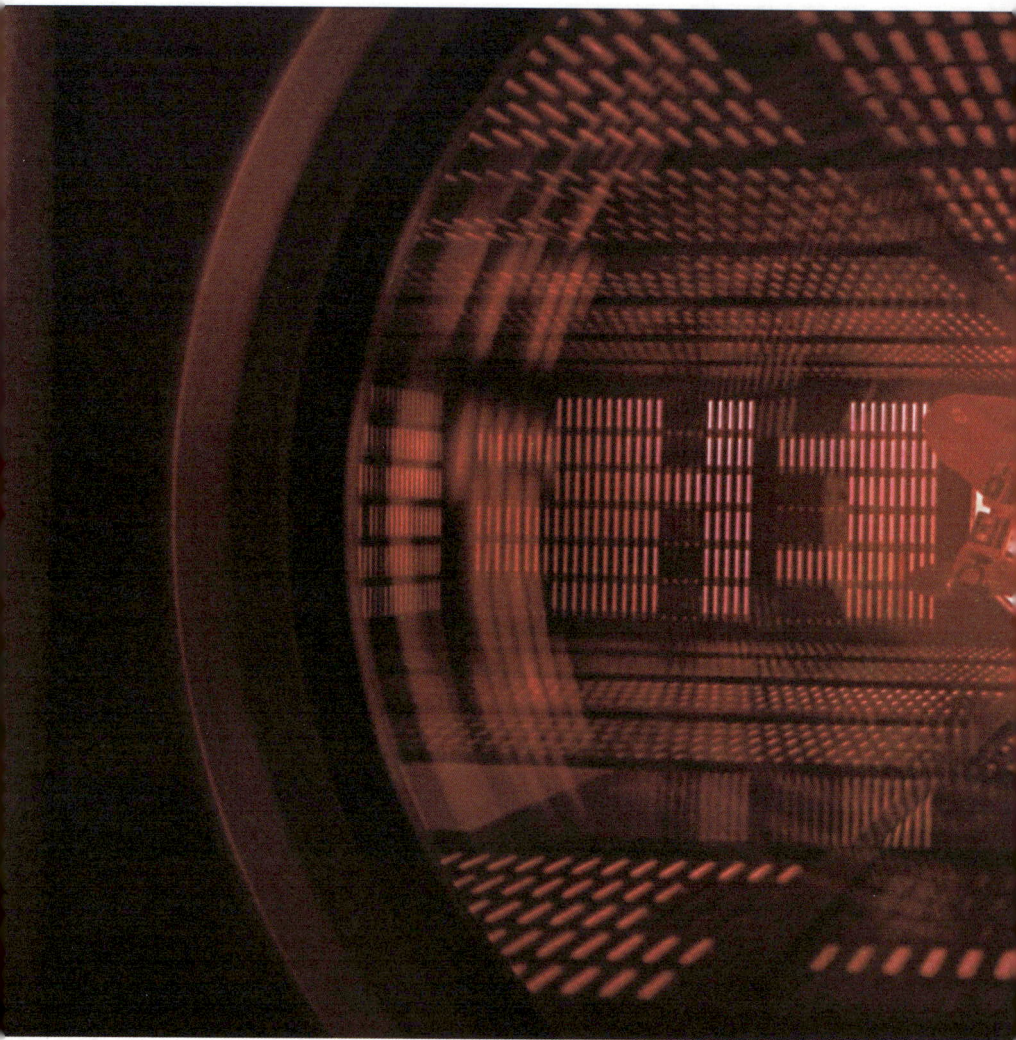

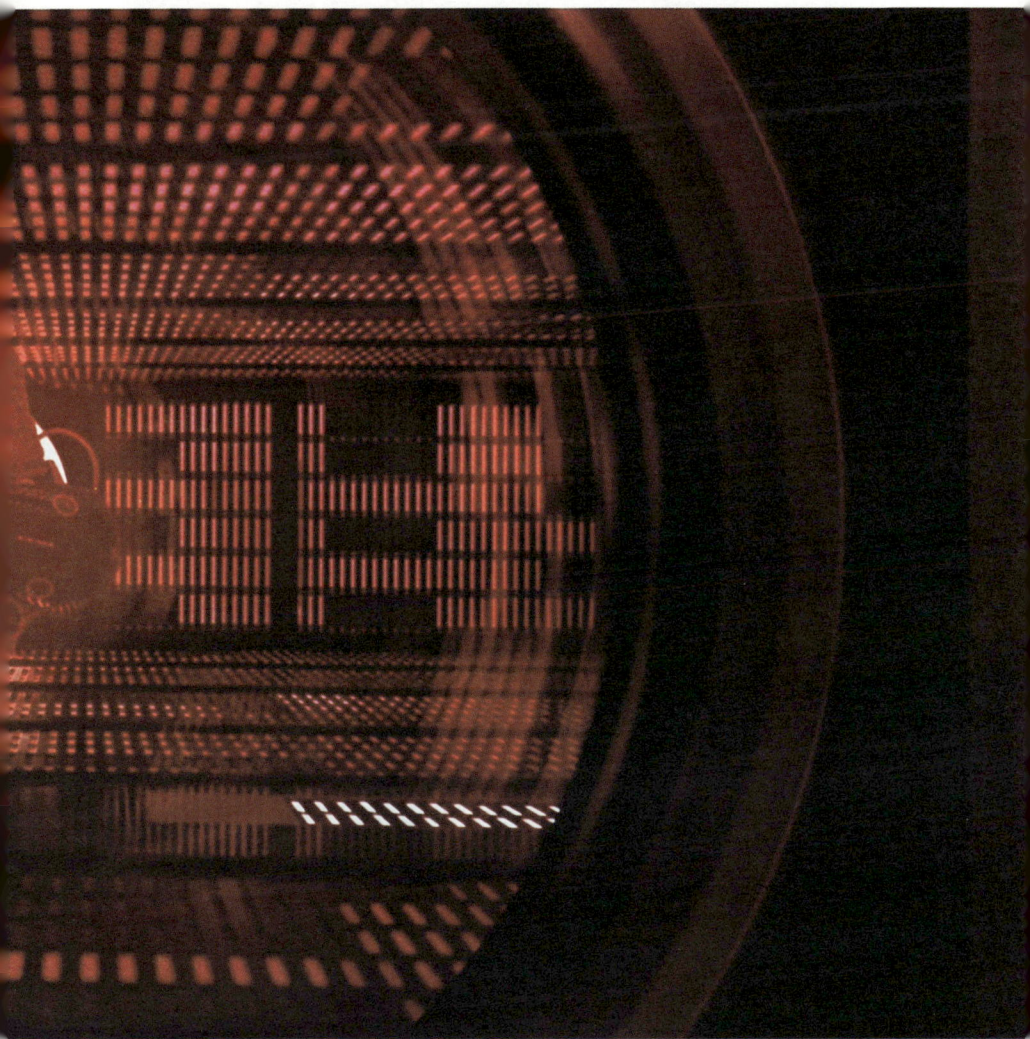

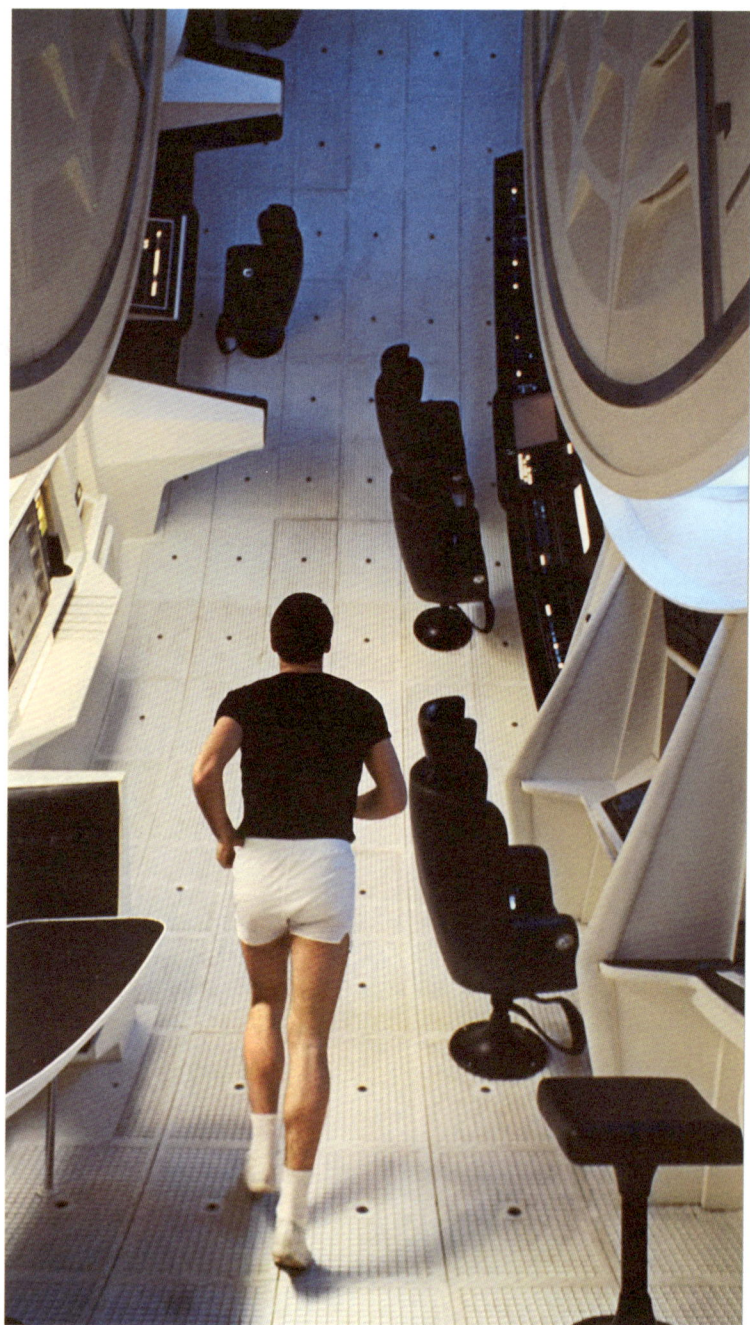

2061:
Odyssey Three

ARTHUR C. CLARKE

纪念非凡的总编辑朱迪–林恩 · 戴尔 · 雷伊

她以一块钱买下本书版权

——但搞不清楚花这个钱值不值得

目 录___

I_____
魔　山

II

黑雪谷

III

欧罗巴轮盘赌

IV____

在水塘边

V_____

穿越小行星带

_VI
天堂岛

_VII
长　城

VIII

硫黄国度

IX

3001年

作者题记

正如《2010：太空漫游》不是《2001：太空漫游》的续篇，本书也不是《2010：太空漫游》的续篇。这几本书应该说是同一主题的变奏曲，里面有许多相同的人物和情节，但不一定发生在同一个宇宙里。

自从库布里克于1964年（人类登上月球的五年前！）建议我们应该尝试制作一部"众所周知的优质科幻小说电影"之后，科学发展一日千里，因此上述每本书的内容不可能完全一贯；后来的故事牵涉到的某些发现和事件，在前面几本书撰写时根本还未发生。1979年旅行者1号近距离掠过木星，获得了辉煌的成功，《2010》一书因而诞生。在更雄心勃勃的伽利略任务未进行且获得更进一步数据之前，我没打算再提笔。

根据规划，伽利略号将在木星大气中投下一枚探测器，同时大约花两年的时间探访所有的大型卫星。它本来应该在1986年5月由航天飞机发射，并且预定于1988年12月抵达目的地。若真如此，那么在1990年前后，我就可以利用从木星及其卫星涌来的最新资料……

　　可惜，挑战者号的惨剧发生后，整个计划都泡汤了；伽利略号目前停放在喷气推进实验室的无尘室里，等候另一架运载火箭的出现。假如它将来真的能够造访木星，即使是比预定计划落后七年，也应该算是幸运了。[1]

　　我决定不再等了。

阿瑟·克拉克

斯里兰卡，科伦坡

1987年4月

1　伽利略号探测器于1989年10月18日由"亚特兰蒂斯号"航天飞机运送升空，1995年12月7日接近木星，2003年9月21日坠毁于木星的大气层。——编者注（本书中注释如无特别说明，均为编者注）

I

魔山

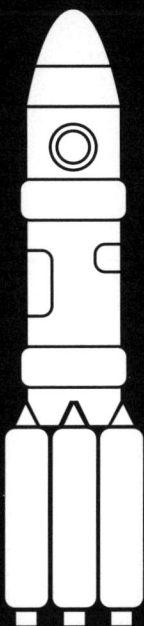

1

冻结的岁月

"就一个七十岁的人来说，你的健康情况简直是无懈可击，"格拉祖诺夫医师一面看着医疗部门的最终报告，一面说道，"我很想把你的年龄写成不超过六十五岁。"

"我很高兴听到你这么说，奥列格。其实我已经一百零三岁了——你知道得很清楚。"

"就是说嘛！你应该看过鲁坚科教授写的那本书吧？"

"你说那位鼎鼎大名的鲁坚科啊！我跟她是老交情了。我们本来打算在她一百岁的生日那天聚一聚，但我很遗憾她没能活到那一天——这就是在地球上待太久的结果。"

"说起来挺讽刺的，因为'重力为衰老之本'这句名言正是她首创的。"

弗洛伊德博士若有所思地望着那颗气象万千的漂亮行星。这颗行星虽然只有六千公里远，但他恐怕永远不能回去。说起来更讽刺的是，由于一件毕生最糟的意外事故，竟然使他活得比所有老友更长寿、更健康。

那是上次回地球才一个星期就发生的意外。他从来没想过这种事会发生在自己身上，因此没有注意到所有的警告，从二楼阳台上摔了下来。（没错，他刚完成列昂诺夫号的探险任务成功归来，在阳台上理所当然地受到了英雄式的欢迎。）全身多处骨折引起一大堆并发症，不得不到这家巴斯德太空医院接受治疗。

那是2015年的事。而现在——他简直不敢相信，但墙上的日历却让他不能不信——居然已经是2061年了！

弗洛伊德的生物时钟不仅因为医院的重力很小（只有地球上的六分之一）而慢了下来，他一生中还历经了两次时间的倒转。目前有一种说法——虽然专家仍有争议——说"低温睡眠"不但会使人停止老化，而且还会返老还童。弗洛伊德上次的木星之旅确实让他年轻不少。

"这么说，你认为我可以安全地再出一趟任务？"

"这个宇宙没有什么是绝对安全的，海伍德。我只能说，单从生理上而言，没有不让你去的理由。毕竟，'宇宙号'上的环境跟这里几乎完全一样。当然，宇宙飞船上的医疗水平没有这里好，但马欣德兰医师是个好人。一旦有无法处理的状况，他会让你再度进入低温睡眠并送回来，货到付款。"

这项结果正合弗洛伊德的意，但在高兴之余仍然不免有些伤感：他将要离开这个居住快半个世纪的"家"，离开这几年认识的新朋友。而且，尽管宇宙号比起原始的列昂诺夫号豪华得多（列昂诺夫号目前被安放在木卫二欧罗巴上空的轨道上，是拉格朗日博物馆的镇馆之宝），但从事长途的太空旅行仍有一定的风险；尤其是他即将搭乘的这艘宇宙飞船，里面有许多设计是前所未有的……

不过，或许这正是他想追求的——虽然他已届一百零三岁高龄（但根据已故鲁坚科教授的老人医学理论，他正值老当益壮的六十五岁）。在过去十年中，他对目前安逸舒适的生活渐感烦躁与不满。

在这段期间，人类在太阳系里进行了许多令人鼓舞的计划——诸如火星的再生、水星基地的设立、盖尼米得的绿化等——但没有一项合他的兴趣而让他想全力以赴。两个世纪前有一位诗人（科学时代最初的诗人之一）正好道出他目前的心境，这首诗是由奥德修斯（拉丁文名尤利西斯）的口中吟诵出来的：

芸芸众生何其渺小，

吾为众生之一，更如沧海一粟；

亘古的时间，不断带来新事物，

吾虽愚钝，但知珍惜每一刹那，

　　辛勤囤积知识，历时三个寒暑；

　　吾已白发苍苍，但仍追求不懈，

　　像暮星，超越人类思想的极限。

　　"三个寒暑。"啊！而他竟然虚度了四十几年。尤利西斯知道
的话一定会笑他。不过，下一首描述得更贴切，令他心有戚戚焉：

　　或许急流会将我们冲离航道，

　　但我们可能因而抵达幸福岛，

　　并见到久仰的英雄阿喀琉斯；

　　塞翁失马，焉知非福。

　　虽然我们不若往昔拥有挪移乾坤之力，

　　但雄心壮志仍在；

　　岁月催人老，命运教人愁；

　　但只要一息尚存，我将继续奋斗、追寻，永不服输！

　　"奋斗、追寻……"嗯，现在他已经找到追寻的目标——因
为他确切知道目标在哪里。假如没有重大的意外，他绝不会错过。

　　在他的意识里，这个目标本来是不存在的；即使到现在，他仍
搞不清楚为什么它突然变得如此强烈。他一直认为自己早已对一

次次感染人类的心血来潮免疫了——这是他这辈子第二次热切的期望！——但或许是他错了。或许，是那突如其来的邀约——他有幸被选为宇宙号的贵宾乘客——在他平静的心湖激起了阵阵涟漪，唤醒了尘封在心底的那份狂热。

另外还有一个可能性。虽然事隔多年，但他仍然记得社会大众对于1985到1986年间那次与哈雷彗星相会任务失败的失望。这次是个扳回大众信心的机会——对他而言是最后一次，对人类而言是第一次。

在20世纪中，人类只能近距离地掠过哈雷彗星，而这次却有可能真正登上它，就如同当年阿姆斯特朗和奥尔德林首度踏上月球一般。

弗洛伊德博士，这位曾经参与2010至2015年木星任务的老将，他的想象力正飞往外层空间那定期回来的神秘访客。它正一秒一秒地加速，准备绕过太阳。而在地球与金星的轨道之间，这颗最有名的彗星将与做处女航的宇宙号相会。

相会的确定地点尚未决定，但他心意已定。

"哈雷——我来了……"弗洛伊德喃喃自语。

2

第一眼

有人说，必须离开地球才能欣赏整个天空的壮丽景象，其实不然。即使在外层空间所见的点点繁星，也不会比站在高山顶上（选一个晴空万里的夜晚，并且远离人工光污染的地点）好看多少。虽然在大气层之外看到的星星比较亮，但人类的眼睛几乎看不出其间的差别，而且一眼就能饱览半个天球的震撼感，绝非从宇宙飞船观测窗看出去的景色所能比拟。

不过在太空医院里的弗洛伊德没得挑剔，他能够从私人窗口一窥宇宙夜景就已经心满意足了。在那个长方形的视野里，除了恒星、行星、星云——以及新诞生的"太隈"——之外，其他什么也没有。太隈是以往的木星，在一次神秘的爆炸之后变成了一颗恒星，其光芒稳定明亮，远胜众星，堪与太阳匹敌。

每当"人造夜晚"来临之前约十分钟（这座太空医院缓慢自转，因而营造出昼与夜的变化），弗洛伊德总是将舱内所有灯光熄灭——包括红色的紧急备用灯——好让自己完全适应黑暗的环境。这辈子当太空工程师也许嫌晚了点，他比较喜欢用肉眼观察天文。现在他几乎认得所有的星座，即使只看到其中一小部分星星，他也知道那是什么星座。

在那个五月里，当哈雷彗星进入火星轨道内之后，他几乎每个"夜晚"都在星图上标出它的位置。虽然用一副上等的双筒望远镜就可轻易看到它，但弗洛伊德很顽固地拒绝使用；他在测试自己的那双老花眼到底还有多少能耐。虽然在夏威夷的茂纳凯亚天文台里有两位天文学家宣称，他们已经观察到那颗彗星，但没人相信。巴斯德太空医院里有些人也言之凿凿，但大家更不相信。

而在今晚，根据预测，哈雷彗星至少会以六星等的亮度露脸；他想试试运气。他从 γ 星到 ε 星[1]画一条直线，然后以这条线做底边，想象一个等边三角形。他极目望向三角形的顶点——仿佛用意志力就可以透视整个太阳系似的。

啊！就在那里！——就像他在七十六年前首度看到时一样，不起眼，但错不了。如果事先不知道要看哪里，你一定不会注意到它，或许你会当它是某片遥远的星云。

1　分别指一个星座中亮度分别是第三、第五的恒星。

用肉眼观察，它只是个圆形的模糊光点；再怎么仔细看，也看不出它有尾巴。但有一小群探测器已经跟踪它好几个月，它们记录到彗星首度喷出的阵阵尘埃和气体；这些东西不久就会在众星面前拉出亮丽的彗发，永远指向太阳的反方向。

打从那颗又冷又暗——不，近乎黑——的彗核进入太阳系内围开始，弗洛伊德与其他观察者一样，不断地注视着它的蜕变。在经过七十几年极低温的冷冻之后，这颗复杂的混合物（主要由水、氨和其他各种冰冻物质组成）开始解冻、冒泡。这颗彗核的形状和大小与纽约市的曼哈顿岛相仿，每隔五十三小时左右就会变成一只"宇宙唾虫"；当太阳的热量穿透其绝缘的外壳时，里面的东西被蒸发成气体，哈雷彗星看起来便像一台漏气的锅炉。一阵阵的水蒸气，混杂着尘埃和各种由巫婆熬出来的有机物，从几个小孔里喷出来；其中最大的一个孔——约有足球场大小——喷发的时间很有规律，都在当地黎明后两个小时左右。它看起来像极了地球上的间歇泉，所以马上就被命名为"老忠实"[1]。

现在，他幻想着自己正站在老忠实的洞口边缘，等待太阳升上黑色崎岖的地形；这些地形他已经从许多太空照片上看到过，非常熟悉。的确，旅行契约上并未明言，当宇宙飞船登上哈雷彗星之后，乘客可不可以下船——相反对船员及科学人员则有明文限制。

---

1 Old Faithful，即美国黄石国家公园的一座间歇泉。

不过话说回来，契约里也没有什么特别禁止内容。

他们确实有义务阻止我，弗洛伊德心想，但我还是能穿上航天服出去的。但万一出了什么差错……

他记得读过一篇报道，有一位访客参观过泰姬陵之后不禁喟然而叹："有墓如此，明日瞑目可也！"

同样，他也十分乐意长眠于哈雷彗星。

3

昔日点滴

除了那件意外的糗事，当初回地球时也着实经过一番折腾。

第一件令他震惊的事发生在刚苏醒不久，也就是鲁坚科医师将他从低温睡眠中叫醒的时候。库努在她旁边跟前跟后，弗洛伊德在半醒状态中就感觉有什么事不对劲。他们看到他醒来的欢喜表情有点夸张，而且难掩一股紧张的气氛。一直等到他完全苏醒，他们才告诉他，钱德拉博士已经离开人世了。

就在火星过去一点的地方，连监视器都无法确定是什么时候，他悄悄地走了。他的遗体被推出列昂诺夫号，沿着轨道继续飘浮，最后被太阳的烈焰吞噬。

他的死因没有人知道。布雷洛夫斯基提出一种说法，虽然很不科学，但连主治医师鲁坚科也无法反驳。

"失去哈尔,他活不下去了。"

沃尔特·库努则提出另一种看法。

"我在想哈尔会如何看待这件事。在太空某处一定有个什么东西一直在监听我们所有的广播。他迟早会知道的。"

现在,库努也走了——其他的人也一个个走了,只有年纪最小的泽尼娅仍在人世。弗洛伊德已经有二十年没见过她,但每逢圣诞节一定会按时收到她的卡片。最近的一张仍然钉在他的书桌前,卡片里是一辆载满圣诞礼物的雪橇,在俄罗斯冬天的雪地上疾驶,一群饿狼在四周虎视眈眈。

四十五年了!列昂诺夫号成功返回地球轨道受到全人类的喝彩,有时还宛如昨日。不过那喝彩声有点低调,虽然带有敬意,但缺乏真正的热诚。那趟木星任务不能算完全成功,因为它打开了一个潘多拉的盒子,里面会跑出什么东西来,现在还不知道。

当初那块被称为"第谷磁场异象一号"的黑色石板在月球上被挖出时,只有少数人知道有这回事。直到发现号的木星之旅功败垂成,人类才知道在四百万年前,有另一种智慧生物来过太阳系,并留下了它的"名片"。这则新闻让人类大开眼界——但不觉得惊奇;因为数十年来,人们一直都在预期这类事情的到来。

而且,这类事情的发生远在人类出现之前。虽然发现号在木星那边遇到了一些神秘的意外事件,但既有的证据都指出那是舰上的故障造成的。尽管大家搞不清楚TMA-1的出现在哲学上代表什么意义，但从务实面讲，人类仍然认为自己是宇宙中独一无二的智慧生物。

但现在情况有点不同了。就在一个"光分"距离之外——在整个宇宙来讲，只不过是一箭之远——有一种智慧生物不知何故创造了一颗恒星，同时摧毁了一颗比地球大一千多倍的行星。更令人不安的是，"它"竟然能在太魄诞生的大爆炸之前，透过发现号将下列信息由木星的卫星群中传回地球，向人类发出警告：

所有的星球都可以去——除了欧罗巴。

不要试图登陆那里。

这颗明亮的新恒星在一年中有好几个月让地球的黑夜完全消失（除了它绕到太阳背后去的时候），同时带给人类希望与恐惧。恐惧——来自不解，尤其是太魄的诞生背后无限的力量，难免引起人类最原始的情绪。希望——是因为它让全球的政治生态产生了彻底的改变。

有人说，只有外层空间来的威胁，才有可能让人类团结在一起。太魄是不是一个威胁，没有人知道；但可以肯定的是，它是个挑战。这就够了。

弗洛伊德在巴斯德太空医院恰好占了一个制高点，可以像一个外星人般，好整以暇地观察地球上的政治变化。当初，他并未打算在伤势痊愈后仍逗留在外层空间；但令医生们私下苦恼的是，他的痊愈居然要花这么长的时间。

回顾这几年安逸的日子，弗洛伊德发现了他的骨头拒绝痊愈的真正原因。他根本不想回地球：那颗挂在天际的亮丽蓝白色行星已经与他无缘。他终于逐渐了解，为什么钱德拉失去了求生的意志。

当年他与第一任太太玛莉安的欧洲之旅没有搭同一班飞机，完全是偶然的结果。现在她已经死了，她留下的回忆似乎已经不属于他了。她留下的两个女儿各有各的归宿，现在和他也没什么来往。

但他失去第二任太太卡罗琳则是咎由自取，虽然是身不由己。她从未了解（其实他自己真正了解吗？）为什么他要离开两人共同建立的温暖的家，一去就是好几年，将自己放逐到远离太阳的浩瀚寒冷的太空。

虽然在那次木星任务半途，他就知道卡罗琳去意已坚，但他仍非常希望克里斯能原谅他。不过这个小小的愿望也落空了；毕竟，儿子已经太久没有父亲了。当弗洛伊德回到地球时，他已经认卡罗琳的新欢为父亲。他与卡罗琳的情分断得很彻底；弗洛伊德一度以为自己无法淡忘，不过终于还是熬过来了——大致而言。

他的身体状况竟然会配合他的心境；当他在巴斯德医院拖拖拉拉好一阵子才勉强痊愈，回到地球时，马上旧疾复发，而且病情非常严重——包括明显的骨骼坏疽症——逼得他不得不立即赶回医院。在那里，除了去几趟月球，他已经完全适应无重力至六分之一重力（由太空医院缓慢自转产生）的环境。

在逐渐康复期间，他不是个遗世独立的隐士——刚好相反，他口述许多文件报告，为无数委托案件作证，并接受许多媒体的采访。他是个名人，并且乐在其中——过一天算一天；这多少弥补了他内心的创伤。

最初的整整十年——2020年至2030年——似乎一闪即过，现在很难清楚回想起发生了哪些事。当然，许多常规的危机、丑闻、犯罪、灾难一定是有的——尤其是那次加州大地震，他从太空站的监视屏幕上目睹了可怕的灾后景象。屏幕上放大的画面可以显示单独的每一个人，但从他的制高点看来，实在无法分辨那些从灾区逃窜出来的点点黑影。只有地面上的摄影机才能捕捉当时的恐怖情况。

在那十年中，地球上的政治板块也像地理板块一样快速地移动着；其后续效应要在以后才看得出来。不过，政治板块移动的方向与地理板块刚好相反。在最早的时候，地球上只有一个"超级大陆"，名叫盘古大陆。在悠远的岁月中，它逐渐分崩离析，人类也因而分成无数个种族和国家。而现在，人类则有融合的迹象，古老的语言和文化的区隔越来越模糊。

虽然太隗的出现加速了融合的过程，不过早在好几十年前，融合就已经开始了。喷射机的发明使全球旅游活动暴增，而且几乎同时——当然绝非巧合——卫星和光纤使全球的通信更加快速、便捷。尤其自2000年12月31日起，长途费取消之后，每通电话都以国内电话计费；可以想见从新的千禧年开始，全体人类将变成一个大家族，随时随地都可以互通消息。

正如大多数家族，人类这个大家庭也不是永远平安无事；但即使有争吵，现在也不再威胁到整个地球的和平。在第二次——也是最后一次——的核战争中，所投下的核弹没有比第一次多：刚好只有两颗。而且，虽然每颗的威力比以前大，造成的伤亡却少很多，因为两颗炸弹都投在人烟稀少的油田区。在那关键时刻，中、美、苏三巨头迅速采取行动，封锁战区，直到劫后余生的战斗人员复苏为止。

到2020至2030的十年间，列强之间的大型战争已经不太可能发生（好像在上个世纪中加拿大和美国不太可能打起来一样）。这不是因为人性变得更善良，也不是其他什么因素，而是最平常的观念：好死不如赖活。许多和平机制都在不知不觉中运行；在政客还来不及想到之前，他们就发现一切都已就绪，并且运作得很好……

"和平人质运动"这个名词并不是哪个政治人物或哪一派理想主义者发明的，而是有人观察到一个特殊现象之后自然而然出现的；他们发现，在美国境内无论何时都有成千上万的俄国观光客到处溜达；同样，任何时刻也都有五十万名美国人在俄国观光——其中大部分人的传统消遣就是抱怨旅馆水电设备太差。也许更重要的是，这两群人当中，有极大的比率是有头有脸的人士——不是富豪、权贵，就是名门子弟。

即使有人居心叵测，想发动大规模战争也已经不可能了。从20世纪90年代开始，"透明时代"已经来临；富有创业精神的新闻媒体纷纷开始发射照相卫星，其分辨率已经达到军用照相设备三十年来的水平。五角大楼和克里姆林宫方面都暴跳如雷，但形势比人强，他们已经输给路透社、美联社，以及全天候不眠不休的"轨道新闻网"的照相机了。

到2060年，虽然还没达成全面裁军的目标，但全世界事实上都非常平静，剩下的五十颗核弹头都在国际监控之下。当颇有盛名的国王爱德华八世被选为"地球总统"时，只有十几个国家表示反对；这些国家有大有小，从坚持保持中立的瑞士（该国餐饮旅游业者仍然张开双臂欢迎这位新总统），到极端独立自主的马尔维纳斯人（他们一直拒绝当英国人或阿根廷人，而英国和阿根廷则将这个烫手山芋互相推给对方，双方为此闹得很不愉快）。

庞大的武器工业解体之后，世界经济获得空前的蓬勃发展（甚至发展得有点病态）。民生必需物资和工程界的精英都不必再投入这个黑洞里——而且不必再制造毁灭性武器。相反，这些资源都可以用来重建这个世界，弥补几个世纪以来的破坏与疏忽。

　　而且还可以用来建设其他新世界。的确，人类已经发现了"战争的精神替代品"，并且面临一项新的挑战：在未来的几千年，如何吸收这个多出来的能量，转化为实现梦想的原动力。

4

大 亨

年轻的钟劳伦斯先生（多年后被爱德华国王册封为大英帝国"爵级司令勋章"）刚开始心目中并没有什么远大的目标；在老五出生时，他只是个普通的百万富翁而已。但他四十岁在中国香港买地时，才发现原来所花的钱没有原先想象中那么多，而且手头剩下的钱也不少。

于是许多传闻出现了——不过，就像劳伦斯爵士的许多其他传闻一样，很难分辨真假。其中有一项恐怕只是谣言，据说他的第一笔财富是将著名的美国国会图书馆数据制成盗版，出售牟利得来的。由于美国没有签署"月球协议"，让他有机可乘，可以在地球之外的地方利用"分子记忆模块"从事盗版的勾当。

虽然劳伦斯爵士还不是个亿兆富翁，但他所建立的企业王国已经使他成为全球最大的经济霸权——他的父亲是个卑微的小人物，以前是在新界卖录像带的小贩；他今天有此成就，诚属不易。

劳伦斯爵士亲身投入太空行业，完全是偶然的机遇（假如世上有所谓"偶然的机遇"这回事的话）。他本来就对航海业和航空业有浓厚的兴趣，不过都交给他的五个儿子及其伙伴经营。劳伦斯爵士的最爱是通信业——包括报纸（全世界已经没剩下几家）、书籍出版、杂志（纸质版和电子版），以及最重要的全球电视网。

接着，他将历史悠久、建筑华丽的半岛酒店买下来。对一个穷苦的中国小孩而言，这间酒店一度是财富与权力的象征，而现在，他把它当作私人住宅和总部办公室。他将饭店四周巨大的购物中心移到地下，然后将原址改为漂亮的公园；为了进行这项工程，他成立了一家"激光挖掘公司"，肥水不流外人田，自己狠捞一笔。这一招成了其他许多城市模仿的对象。

有一天，当他正在港口对岸得意地观赏饭店美丽的天际线时，突然决定将它做更进一步的改善。几十年来，半岛酒店的下面几层楼一直被一栋大建筑物挡住视线；这栋建筑物造型很奇特，像颗被压扁的高尔夫球。劳伦斯爵士越看越不顺眼，亟欲去之而后快。

香港天文馆（公认为世界五大天文馆之一）的馆长赫森斯坦

博士则另有打算，很快，劳伦斯爵士愉快地发现了这个不论他用多少钱都买不到的人才。两个人成了关系牢固的朋友。不过，当赫森斯坦博士安排一个特别的演示作为劳伦斯爵士六十岁生日的礼物时，他还不知道自己帮助了改写太阳系的历史。

5

破冰而出

德国蔡斯公司于1924年在耶拿推出的第一代光学天文投影机，在一百多年之后有些天文馆仍在使用，将如真似幻的精彩影像呈现在观众面前。香港天文馆早在几十年前就已经将第三代仪器淘汰，代之以更生动的电子系统。天文馆的巨型拱顶事实上是个电视屏幕，由数千块面板凑成，任何影像都可以在上面显示出来。

节目一开始——不用说——是在歌颂一位不知名的火箭发明者，只知道他于13世纪出现在中国某处。最开头的五分钟是一段快速的历史回顾，为了突显钱学森博士的重要性，故意淡化了俄国、德国和美国的许多先驱的贡献。此时此地，假如节目里将钱学森在火箭发展史上的重要性与美国的戈达德、德国的冯·布朗和俄国的科罗列夫并列，中国观众会不高兴的。而且当他们看到钱学森在美国协助设立有名的"喷气推进实验室"，被聘为加州理工学院第一位戈达德讲座教授之后，只因为想回中国，就被以莫须有的罪名逮捕，无不感到义愤填膺。

节目中几乎没有提到1970年中国利用长征一号火箭发射第一枚人造卫星的往事，可能是因为当时美国航天员已经上了月球。的确，20世纪的历史只花了几分钟就草草打发过去，然后马上接到2007年在众目睽睽下秘密建造宇宙飞船"钱学森号"的事——以全球角度进行全景展示。

解说员以不带任何感情的音调，讲述当年中国建造的"太空站"突然脱离轨道奔往木星，并且赶过美—俄联合任务宇宙飞船列昂诺夫号时，其他太空列强惊慌失措的故事。这段故事很有戏剧性，但以悲剧收场，因此没必要敲锣打鼓。

很可惜，叙述这段故事时没有多少可信的画面相配合，绝大部分都是用特效或者事后远距影片刻意变造的画面。当初钱学森号在欧罗巴表面短暂停留期间，船员都忙翻了，根本没时间制作电视纪录片，连架设一部自动摄影机的时间都没有。

尽管如此，解说员还是炫耀说，这是人类有史以来首度登上木星的卫星。当时弗洛伊德在列昂诺夫号上的现场报道广播被用来当作节目的背景，而且节目里使用了大量的欧罗巴档案照片：

"就在这个时刻，我正用舰上最强大的望远镜观察它；在目前的放大倍率下，它看起来是地球上所见月亮的十倍大，很诡异的景象。

"它的表面是均匀的粉红色，混杂一些褐色的小块。它表面上布满着许多细线交织而成的绵密网络。事实上，看起来很像医学课本上静脉和动脉交织图案的照片。

　　"这些细线有的有几百公里，甚至几千公里长，看起来像极了洛威尔与20世纪初某些天文学家声称在火星上看到的渠道——当然了，那是他们的错觉。

　　"但是欧罗巴上的渠道不是错觉，也不是人工开凿而成的。而且，那里面真的有水——应该说是冰。事实上，整颗卫星几乎完全被平均五十公里厚的冰所覆盖。

　　"由于距离太阳非常遥远，欧罗巴的表面温度非常低——约在冰点以下一百五十摄氏度。因此也许有人会说，它唯一的海洋是一整块硬邦邦的冰。

　　"令人惊讶的是，事实恐怕不是这样，因为'潮汐力'会在欧罗巴的内部产生大量的热——同样的潮汐力也会在邻近的木卫一艾奥引起频繁的火山活动。

　　"所以说，欧罗巴内部的冰不断地融化、冒出、再凝固，形成裂缝和裂纹，就像我们在地球南北极地区浮冰上所看到的一样。我现在看到的就是裂缝交织成的密密麻麻的花纹；它们大部分都是黑黑的，而且非常古老——也许有几百万年的历史。但是有少数几乎是纯白色，它们是新裂开的地方，厚度只有几公分。

　　"钱学森号降落的地点恰好是在一条白色细线的旁边——那

是一条一千五百公里长的地貌，目前已命名为'大渠道'。据推测，那些中国人打算在那边取水，灌满所有的燃料槽，以便继续探索木星的卫星系统，然后打道回府。这件事的难度很高，但他们一定事先详细研究过降落的地点，并且知道他们在做什么。

"现在事情很明显，他们为何要冒这种险——还有，为何他们要主张欧罗巴的所有权。因为它是个燃料补充站。它可能是整个外太阳系的关键点……"

不过事与愿违，劳伦斯爵士心想。他平卧在豪华的座椅里，上方拱顶上正显示木星条纹斑驳的影像。毕竟，人类还是到不了欧罗巴的海洋里，原因何在？仍然是个谜。不但到不了，连看都看不见；由于木星已经变成一颗恒星，最内围的两颗卫星温度升高，蒸汽不断从其内部冒出来，将它们层层裹住。他现在看到的是2010年时候的欧罗巴，与目前的情况完全不一样。

当时他还只是个小孩子，但他仍然记得他的国人即将登上一片前人未曾踏上的处女地，因而引以为傲。

当然，当时着陆时没有照相机录下任何东西，但节目中的"现场重建"做得很棒，让他完全相信那就是当时的实际情景：宇宙飞船从漆黑的天空无声无息地降落在欧罗巴的冰原上，并且停在一条淡色的、刚冰封不久、现在名为"大渠道"的水道旁。

每个人都知道接下来发生了什么事；节目制作人很聪明，这段故事完全不用画面呈现，而是将欧罗巴的影像逐渐淡出，而以一位家喻户晓的人物画像取代；这个人物在中国人心目中的地位，与加加林在俄国人的心目中一样。

第一幅是张鲁柏博士在1989年的毕业纪念照——一位雄姿英发的年轻学者，但不觉得有其他独特之处，完全看不出二十年后将要担负历史重任。

不久，背景音乐突然减弱，解说员开始简单介绍张博士的生平，一直讲到他被任命为钱学森号上的科学官为止；随着时间横切面的递移，照片里的人越来越老，一直到最后一幅，那是在出任务之前不久照的。

劳伦斯爵士很庆幸天文馆里的灯光是暗的；因为当他听到张博士最后呼叫列昂诺夫号，求救无门的那一段时，他四周的人，无论敌友，才没发现他已经热泪盈眶：

"……知道你在列昂诺夫号上……也许没多少时间……将我的宇宙飞行服天线对准，我想要……"

在大家的焦急等待中，信号消失了几秒钟，然后又恢复；虽然没有比刚才大声，但比刚才清晰得多。

"……请将这个消息转播给地球。钱学森号在三个小时以前被毁了，我是唯一的生还者，正在用我的宇宙飞行服天线通话——不知道发射距离够不够，但只剩这个办法。请仔细听好。欧罗巴上有生命。重复一遍：欧罗巴上有生命……"

声音再度变小……

"……在这里的午夜过后不久，我们正在汲水，燃料槽几乎半满了。李博士和我出去巡视水管的绝缘情况。当时钱学森号距离大渠道边缘约三十米。水管是直接从宇宙飞船里连出来的，接到冰层底下。冰很薄——在上面走很危险。不断涌出温……"

声音又停了很久……

"……没问题——舰上一共有五千瓦的照明。像棵圣诞树——很漂亮，光线可以透过冰层。光辉灿烂。李博士首先看到——一团黑压压的东西从深处浮上来。起先，我们以为是一大群鱼——因为它太大了，不像是只有一个生物——然后它开始破冰而出……

"……像一条条巨大的、湿湿的海草，在地上爬行。李博士跑回舰上拿相机——我留在原地一边观察，一边用无线电报道。这东西爬得很慢，比我走路还慢。我不觉得害怕，倒是觉得很兴奋。我以为我知道那是什么生物——我看过加州外海的海带林照片——但我错得太离谱了。

"……当时我可以看出它有问题。它在这样的低温下（比适合它生存的温度低一百五十摄氏度）不可能存活。它一面爬，身上的水一面凝固——像碎玻璃一样，乒乒乓乓纷纷往下掉——但它仍然像一团黑色的波浪，向宇宙飞船前进，一路越爬越慢。

"……它爬上宇宙飞船。一边前进，一边用冰筑起一条通道，也许是以此隔绝寒气——就好像白蚁用泥土筑起一道小走廊隔绝阳光一样。"

"……无数吨重的冰压在船上。无线电天线首先折断；接着我看到着地脚架开始弯曲翘起——很慢，像一场梦。

"直到宇宙飞船快翻覆的时候，我才恍然大悟那只怪物想干什么——但一切都太迟了。我们本来可以自救的，只要把那些灯光关掉就好了。

"它可能是一种嗜旋光性生物，其生长周期由穿透冰层的太阳光来启动。或许它是像飞蛾扑火一般，被灯光吸引而来。我们舰上的大灯一定是欧罗巴上有史以来最耀眼的光源……

"然后整艘船垮了。我亲眼看到船壳裂开，冒出来的湿气凝成一团雪花。所有的灯统统熄灭，只剩下一盏，吊在离地面几米的钢索上晃来晃去。

"之后，我完全不省人事。等我回过神来时，发现我站在那盏灯底下，旁边是宇宙飞船全毁的残骸，四周到处是刚刚形成的细细雪粉。细粉上面清楚地印着我的足迹。我刚才一定跑过了那里，才不过是一两分钟内的事情……

"那棵植物——我仍然把它想成植物——一动也不动。它似乎受到了某种撞击，受伤了，开始一段一段地崩解——每段都有人的胳膊那么粗——像被砍断的树枝纷纷掉落。

"接着，它的主干又开始移动，离开船壳，向我爬过来。这时我才真正确定它是对光很敏感，因为我刚好站在那盏一千瓦的电灯下——它已经不摇晃了。

　　"想象一棵橡树——应该说榕树比较恰当，枝干和气根被重力拉得低低的，挣扎着在地上爬的模样。它来到距离灯光5米的地方，然后开始张开身体，把我团团围住。我猜那是它的容忍极限——在它最喜欢的灯光下竟然有人挡路。接下来几分钟没有动静。我怀疑它是不是死了——终于被冻僵了吧。

　　"接着，我看见许多大花苞从每根枝干长出来，好像是在看一部开花的延时摄影影片。事实上，我认为那些就是花——每一朵都有人头大小。

　　"纤细的、颜色艳丽的薄膜慢慢展开。我当时在想，没有人——或生物——曾经看过这些颜色；直到我们将灯光——要我们命的灯光——带来这里之前，这些颜色是不存在的。

　　每条卷须、每根花蕊都在微弱地摇摆……我走到它近旁（它仍然把我围住不放）一探究竟。即使在这个时候，跟任何时候没有两样，我一点也不怕它。我确定它没有恶意——假如它真的有知觉的话。

　　"那里一共有好几十朵展开程度不一的大花。现在倒使我想起刚由蛹羽化的蝴蝶——双翅仍皱在一起，娇弱无力的模样——我开始一步一步接近真相了。

　　"不过，来得急去得也快——它们被冻得奄奄一息，纷纷掉落。有片刻，它们像掉在旱地上的鱼般到处翻跃——我终于完全了解它们了。那些薄膜不是花瓣——是鳍，或是相当于鳍的东西。这是那怪物的幼虫阶段，这些幼虫可以到处游泳。本来它大部分时间应该在海底生活，然后生出一群蹦蹦跳跳的幼虫出去闯天下。地球海洋里的珊瑚就是像这样做的。

"我跪下来近距离观察其中的一只幼虫；它鲜艳的颜色已经开始褪去，变成了土褐色，有些鳍状物也掉了，被冻成易碎的薄片。虽然如此，它仍虚弱地动着；当我靠近时，它还会躲我。我不知道它如何感测到我的存在。

"这时我注意到，那些花蕊——我已经叫惯了——的末端都有个发亮的蓝点，看起来像小小的蓝宝石——或是扇贝的外套膜上的那一排蓝眼睛——可以感光，但无法成像。当我观察它时，鲜艳的蓝色渐褪，蓝宝石变成了没有光泽的普通石头……

"弗洛伊德博士——或是任何听到的人——剩下的时间不多了；木星马上就要遮断我的信号。不过我也快讲完了。

"我知道我该做什么了。通往那盏一千瓦灯泡的电缆刚好垂到地上，我猛拉它几下，于是灯泡在一阵火花中熄灭了。

"我不知道这样做会不会太迟。几分钟过去了，居然没有动静。我走向那堆围住我的乱枝，开始踢它。

"那怪物缓缓地松开自己，回到大渠道里。当时光线很充足，我可以看清每一样东西。盖尼米得和木卫四卡利斯托都悬在天上——木星则是个巨大的新月形——其背日面出现了一场壮观的极光秀，位置刚好在木星与木卫一艾奥之间流量管的一端。所以用不着开我的头盔灯。

"我一路跟随那怪物，直到它回到水里；当它速度慢下来时，我就踢它，催它爬快一点。我可以感觉到靴子底下被我踩碎的冰块……快到大渠道时，它似乎恢复了一点力气和能量，仿佛知道它的家近了。我不知道它是否能继续活下去，再度长出花苞。

"它终于没入水面，在陆上留下最后死去的几只幼虫。原来暴露于真空的水面冒出一大堆泡沫，几分钟之后，一层'冰痂'封住了水面。然后我回到舰上，看看有什么可以抢救的东西——这我就不说了。

"现在我只有两个不情之请，博士。以后分类学家在做分类、命名时，我希望这个生物能冠上我的名字。

"还有——下次有船回去时——请他们把我们几个的遗骨带回中国。

"木星将在几分钟内遮断我们的信号。我真希望知道是否有人收听到我的信息。无论如何，下一次再度连上线时，我会回放这则信息——假如我这航天服的维生系统能撑那么久的话。

"我是张教授，在欧罗巴上报道宇宙飞船钱学森号毁灭的消息。我们降落在大渠道旁，在冰的边缘架设水泵——"

信号突然减弱，又恢复了一阵子，最后完全消失在噪声里。从此，张教授音讯全无；但钟劳伦斯已经下定决心，要往太空发展了。

6

活生生的盖尼米得

　　历史成就一位英雄豪杰，必须天时、地利、人和完美搭配，缺一不可；范德堡正是这么一号人物。

　　人和——他是南非白人流亡者的第二代，也是一位训练有素的地质学家，这两个因素一样重要。地利——他正在木星最大的卫星上，亦即从最里面算起——艾奥、欧罗巴、盖尼米得、卡利斯托——的第三颗，俗称木卫三。

　　至于天时——没有前两项那么重要与急迫，因为相关信息已经躺在数据库里十几年了，像一颗延时炸弹，只等着什么时候爆炸。范德堡在2057年首度发现这项资料；但经过一年多，才确定他的发现是正确的。到2059年，他悄悄地把他的原始记录隐藏起来，让别人无法抄袭。于是他就可以好整以暇地思考最主要的问题：下一步要怎么走。

事情正如俗语所说的："无心插柳柳成荫。"刚开始范德堡是在观察一项与本身专长毫无直接关系的普通现象。当时他任职于行星工程工作队，正在调查盖尼米得的自然资源，并予以分类；他没有什么时间理会那颗被禁止靠近的卫星。

但欧罗巴莫测高深的样子，让许多人——尤其是它的隔壁邻居——无法长期忽略它。每隔七天，它都会通过盖尼米得和明亮的太隗（以前的木星）之间，让太隗成蚀，时间可达十二分钟。当它最靠近盖尼米得时，看起来比地球所见的月亮略小；而当它绕到轨道的另一边时，则缩小到四分之一。

成蚀的景观相当有看头。当欧罗巴尚未溜进盖尼米得和太隗之间时，看起来是个不祥的黑色圆盘，四周是一圈深红色的火焰。这个红色圈圈，是太隗的光被欧罗巴的大气折射造成的。

不到人类半辈子的时间，欧罗巴有了极大的改变。永远面向太隗的半球，表面的冰壳已经融化，形成太阳系里第二个海洋。十年来，这片海洋的水不断地冒泡、蒸发，进入上方的真空中，直到平衡状态为止。现在，欧罗巴已经拥有一层薄薄的大气，由水蒸气、硫化氢、二氧化碳和二氧化硫、氮及各式各样的稀有气体组成；虽然可以被某些生物使用，但不包括人类。虽然欧罗巴的"永夜面"（这个名称有点名不副实）仍然处于永冻状态，但它现在已经有一个非洲面积大小的温带气候区，上面有液态的水，以及零星的岛屿。

上述的所有现象都已经从地球轨道上的望远镜观察到，但能观察到的大概只有这些了。到2028年，当人类开始对所有伽利略卫星进行全面性的探险时，欧罗巴已经被一层永不消散的云层包围了。透过雷达细致的探测，人类发现它一面有一片小小的海洋，另一面则是一片平坦的冰原；欧罗巴仍然号称拥有全太阳系最平坦的不动产。

十年之后就不是这样了，欧罗巴发生了戏剧性的变化。它现在出现了一座孤立的高山，高度与地球的珠穆朗玛峰相仿，矗立在"黎明带"（永昼面与永夜面的交界地带）的冰原上。它可能是火山活动造成的，就像隔壁的艾奥上不断发生的事情。由太阳传来的热量大量增加，或许是火山活动变得频繁的主要原因吧。

不过这种解释有许多疑点。这座"宙斯山"是个不规则的金字塔形，而不是一般的火山锥；而且雷达扫描看不出典型的岩浆流痕迹。从盖尼米得趁着偶然、短暂的云层空隙摄得的一些照片，显示它是由冰构成的，与四周的冰冻景象类似。无论最后的答案是什么，宙斯山的出现已经使四周的环境伤痕累累；附近永夜面上的冰层已经碎裂成一片杂乱无章的浮冰。

一位特立独行的科学家曾经提出一个理论，说宙斯山是座"宇宙冰山"——从外层空间掉下来的彗星碎片；满目疮痍的卡利斯托就是个现成的证据，自古以来，它们一直受到太空碎片的轰炸。这个理论在盖尼米得上颇不受欢迎，因为那些准移民面对的问题已经够多了。因此当范德堡提出合理的反驳时，他们都安心不少。范德堡的理由是：这么大块的冰在撞击时一定会被撞得粉碎——即使撞击没有让它碎裂，欧罗巴的重力（虽然不算太大）也会立即使它崩解。雷达量测结果显示，宙斯山虽然逐渐下沉，形状却完全没有改变。所以说它绝对不是冰山。

当然，解决这个问题的最佳办法是派出一艘探测船，穿过欧罗巴的云层下去看看。不过，一想到这个警告，大家就兴趣缺缺：

所有星球都可以去——除了欧罗巴。

请不要试图在那里着陆。

这是发现号宇宙飞船在毁灭前一刻转播回地球的信息，大家都一直记得；但这句话如何解释，则是众说纷纭。假如载人宇宙飞船不能去欧罗巴，那无人探测器可不可以去？或者，只近距离飞越而不降落呢？或者，用气球飘浮在它的大气上层呢？

科学家急着找答案，一般大众则只会紧张。他们觉得最好别去惹那个能引爆木星的背后力量；光是艾奥、盖尼米得、卡利斯托及数十个小卫星，就够他们忙好几百年了，欧罗巴的事情可以慢慢来。

因此，好几次有人告诉范德堡，不要再浪费宝贵的时间研究那些不重要的东西，盖尼米得上就有很多事情要处理呢。（例如：到哪里寻找水耕农田所需的碳、磷和硝酸盐？巴纳德陡坡的稳定性如何？佛里几亚的土石流危险吗？……）但他遗传了祖先波尔人著名的顽固性格，即使忙着做许多其他的事情，他还是时时回头瞄一下欧罗巴。

终于有一天，从永夜面刮来一阵狂风；虽然只刮了几个小时，但把宙斯山四周的云层都吹跑了，出现了难得的大晴天。

7

一路走来

"吾欲告别旧时所有……"

这句诗是从哪个记忆深处浮上脑际的？弗洛伊德闭上双眼，努力回忆过去寻找答案。那当然是某一首诗里的一句——但自从大学毕业之后，除了很难得地参加过一次简短的英诗欣赏研讨会，他几乎没读过一行诗。

索尽枯肠不得要领，他想利用太空站的计算机搜寻；但英诗的总量实在太庞大，计算机速度再快，少说也要花上十分钟。而且这样做有点作弊的嫌疑，更别说要花不少钱；因此弗洛伊德还是喜欢让自己的脑子接受智力上的挑战。

当然那是一首有关战争的诗——但是哪场战争呢？在20世纪中，大小战争不计其数……

当他仍然在迷雾中摸索时，有两位访客突然到来；他们缓慢的、轻盈的优雅步伐，正是长期住在六分之一重力环境下的结果。巴斯德太空医院像个巨大的圆盘，绕着轴心缓慢自转，产生所谓的"离心力层次"；整所医院的社会形态都受到它很大的影响。有些人从未离开中心部分的零重力区域，有些希望将来回地球的人则比较喜欢待在圆盘边缘地区，因为该处的重力与地球表面差不多。

乔治和杰利是弗洛伊德最要好的老朋友——这有点不可思议，因为他和他们没有什么共同点。回顾这一生多变的感情生活——两次婚姻、三次正式婚约、两次非正式婚约、三个小孩——他时常很羡慕他们能够长期保持稳定的婚姻关系；尽管三不五时会有一些"侄儿"（其实是私生子）从地球或月球来访，但显然他们的婚姻一点都不受其影响。

"你们从来没想过要离婚？"他有一次开玩笑地问他们。

和往常一样，乔治——他高超而严肃的指挥风格曾经让古典音乐起死回生——回答得很精简。

"离婚——免谈，"他回答得很快，"杀人——常想。"

"他一定无法逍遥法外的，"杰利讥讽道，"席巴斯钦会去告密。"

席巴斯钦是只漂亮而多嘴的鹦鹉，乔治和杰利与医院当局吵了很久才获准带进来。它不但会说话，还会模仿芬兰作曲家西贝柳斯小提琴协奏曲开头的几个小节——半个世纪以前，杰利就是靠此曲成名（他当时使用的小提琴是名匠斯特拉迪瓦里的杰作，当然也功不可没）。

现在得向乔治、杰利和席巴斯钦说再见了；这次去可能要几个星期，也有可能一去不回。弗洛伊德已经和其他所有人道别过了；一连串的道别会把太空站酒窖里的酒都喝光，他想不出还有什么事情没做。

"阿志"是他的通信计算机，虽然有点老旧，但功能还算良好，用来处理所有传入的信息，决定如何回复，或找出任何紧急的私人信息，尤其是他上了宇宙号之后。说起来很奇怪，这么多年来，他都没办法随心所欲地与人通话——不过这也有好处，可以避免接到不想接的电话。这趟出发几天之后，宇宙飞船离地球就很远了，不可能在线实时对话，所有的通信只能靠录音或电传。

"我们以为你是我们的好朋友呢，"乔治抱怨道，"居然把我们抓来当'遗嘱'执行人——尤其是你根本没留遗产给我们。"

"我会给你们一些惊喜的！"弗洛伊德笑道，"无论如何，阿志会处理所有的细节；我只要你们注意一下我的信件，以防万一阿志不知道如何处理。"

"他不懂的话，我们也不会懂。我们怎么会懂你们科学界的鸟事？"

"他们自己会照顾自己。请特别帮我留意一下，我不在的时候，别让清洁人员把这里弄乱——而且，万一我回不来的话，请把我的私人物品送交出去——大部分是送交我的家人。"

活到这把年纪，说到家人心里有苦有乐。

他的第一任太太玛莉安坠机死亡已经是六十三年前的事了——六十三年了！他心里有一股歉疚，因为他当时的悲伤已经消失无踪了。回想起那件事，现在只能算是"现场重建"，而非真情的回忆。

假如她还在的话，夫妻一场又如何？现在她应该是个一百岁的老太婆了……

当初他最疼爱的两个女儿，现在也都是六七十岁、白发苍苍了，她们有了自己的儿女和孙子；不过在他眼中，她们只是和蔼可亲的陌生人罢了。根据最新的数据，她们那边一共有九个家族成员，但假如没有阿志的帮忙，他根本记不住那些名字。不过，至少他们每年圣诞节还记得他（虽然义务的成分大于真情）。

他对第二次婚姻的回忆当然盖过第一次，好像中世纪的一种羊皮纸，旧的字迹被刮去，写上新字。这次的婚姻也以破裂收场，那是五十年前，当他在地球和木星之间某处的时候。他虽然曾经想与两位前妻的儿女重建关系，但在许多次的欢迎仪式中，他只有一次有机会和他们短暂见面，然后就因为意外受伤住到巴斯德医院来了。

第一次的会面不是很成功；第二次是他住进这座太空医院之后，排除万难，大费周章地将会面安排在他现在的这个房间里。当时克里斯已经二十岁了，而且刚结婚不久；如果说弗洛伊德与卡罗琳还有什么意见一致的地方，那就是他们都反对这桩婚姻。

不过海伦娜后来表现得不错，她是个好妈妈（儿子小克里斯在结婚后不到一个月就出世了）。后来，在那场"哥白尼灾难"事件之后，她和许多年轻的妻子一起成了寡妇。不过她颇能处变不惊，庄敬自强。

说来很稀奇，也很诡异，克里斯和小克里斯都因为太空而失去了父亲，虽然失去的方式完全不同。弗洛伊德曾短暂地回去看八岁的儿子，但儿子当他是个陌生人。克里斯二世至少在十岁以前还知道有个爸爸，然后才永远失怙。

这些日子小克里斯在哪里呢？卡罗琳和海伦娜（她俩现在已经成为了好朋友）似乎都不知道他究竟是在地球还是在外层空间。他就是这个样子，只有在第一次抵达月球克拉维斯基地时，寄过明信片报告他的行踪。

弗洛伊德的卡片仍然贴在书桌前显著的位置。小克里斯很有幽默感——也很有历史感；他寄给祖父的是半个多世纪以前拍摄的那张有名的照片，在月球第谷坑的挖掘现场，那块黑色石板隐然耸立，一群穿着航天服的人影在四周围观。这群人当中，除了弗洛伊德之外，已经统统不在人世；而那块石板也不在月球上了。经过一番吵吵闹闹，它已经在2006年被带回地球，并且竖立在联合国广场上，与形状相似的联合国大厦遥相呼应。本来的用意是在提醒世人，人类在宇宙中并非孤独的；但在五年之后，太隗在天空中开始照耀，提醒已属多余。

弗洛伊德的手指有些游移不定——他的右手似乎有自己的意见——但最后仍然将那张卡片撕下来，放进口袋里。这张卡片可说是他登上宇宙号所携带的唯一私人物品。

"二十五天而已——在我们发觉你不见之前，你就会回来了，"杰利说道，"对了，听说米凯洛维奇也会去，是你要求的，是真的吗？"

"那个小俄国佬！"乔治轻蔑地说道，"我曾经在2022年指挥过他的第二号交响曲。"

"那次是不是演奏到慢板乐章时，发生了第一小提琴怒而罢演的糗事？"

"不是——是演奏德国作曲家马勒的交响曲的那一场。无论如何，是铜管组罢演，因此没有人注意到——除了倒霉的低音喇叭手；听说隔天他就把乐器给卖了。"

"这是你瞎掰的吧？"

"没错。对了——遇到那老家伙时帮我问候一下，问他还记不记得那晚音乐会后我们在维也纳街头散步的往事。另外，还有谁会登上宇宙号？"

"我听到了一大堆可怕的谣言，说有人被迫加入。"杰利若有所思地说道。

"这太夸张了吧！我保证绝无此事。我们都是经过劳伦斯爵士亲自挑选的，根据各人的智慧、才能、美貌、魅力及其他优点，精挑细选出来的。"

"不会去送死吧？"

"呃——既然你提到，我就明说了吧。我们都必须签一份法律文件，里面载明，若有任何意外，钟氏太空航运公司概不负责。我签的那一份已经送交给他们了。"

"有没有可能把它拿回来？"乔治满怀希望地问道。

"不可能——我的律师告诉我，白纸黑字，签了就签了，不能反悔。钟氏公司只负责将我载到哈雷彗星，并提供吃喝、空气，及一间有景观的舱房。"

"那你的义务是什么？"

"假如能平安归来，我必须尽可能促销未来的太空旅游，在电视上露脸，写些文章——这些都还算合理，因为这是一辈子难得的机会。哦，对了——我还要提供舰上的娱乐节目——我娱人人，人人娱我。"

"什么娱乐？唱歌？跳舞？"

"嗯，我想从我的论文集里面抽出几段，与那群非听不可的听众'分享'一下，累死他们；不过说真的，我不擅长娱乐，远比不上专业人士。你知道不知道伊娃·美琳也要去？"

"什么！他们居然可以把她从纽约公园大道的蜗居里诱拐出

来？”

“她一定有一百多——呃，对不起，弗洛伊德。”

“她今年七十岁，加减五岁。”

“减？少来了。当年她主演的《拿破仑传》推出时，我还是个小孩子呢。”

三个人沉默了好一阵子，各自回味那部名片的种种。虽然有些影评认为她演得最好的角色是《乱世佳人》里的斯佳丽，但一般大众仍然将伊娃·美琳与《拿破仑传》里的约瑟芬画上等号。（伊娃出生于韦尔斯南部的加地夫，婚前名叫爱芙琳·麦尔斯。）那差不多是半个世纪以前的事了，戴维·葛里芬的这部史诗巨片引来许多争议，法国人叫好，英国人大怒；但现在两方都已经同意，影片部分内容与史实不符（尤其是最后的高潮戏——拿破仑在伦敦的威斯敏斯特教堂加冕的场面），只是艺术创作偶然的脱轨行为罢了。

“劳伦斯爵士这下可赚到了。”乔治意有所指地说。

“说来这件事我也有点功劳。她父亲生前是个天文学家，有一阵子在我手下工作过，因此她一直对科学很有兴趣。因为这个缘故，我打了几通视频电话给她。”

弗洛伊德话中多有保留；他和当时许多人一样，自从看了伊娃主演的新版《乱世佳人》之后，就深深爱上她了。

“当然，”他继续说道，“劳伦斯爵士很高兴——不过我还是让他知道，伊娃对天文学的兴趣不是随性的；否则，这趟旅程可能会是一场灾难。"

"说到'灾难'，倒让我想起来了，"乔治一边说着，一边从背后拿出一个小包裹，"我们有个小礼物要送给你。"

"我现在可以打开吗？"

"你认为现在让他打开适当吗？"杰利有点神经兮兮地问道。

"既然你这么说，我更非打开不可。"弗洛伊德说着，解开闪亮的绿色丝带，并且打开包装纸。

里面是一幅装在精美的画框中的画。虽然弗洛伊德对艺术所知不多，但他见过这幅画；没错，让人一看就难以忘怀。

画里描绘的是一具拼凑的救生筏，在海浪中载浮载沉，上面挤满了半裸的沉船逃难者，有些已经奄奄一息，其他的则正在朝地平线的一艘船死命挥手。画的下方写着：

《美杜莎之筏》（西奥多·杰利柯，1791—1824）

最下方是一句留言，由乔治和杰利署名："上了船就不好玩了。"

"你们这两个坏蛋！"弗洛伊德笑骂道，"不过我真心爱你们。"一边将他们搂了一下。阿志的键盘上标着"注意"的警示灯开始闪烁；该走人了。

两位朋友相继离去，留下默默的祝福。弗洛伊德最后一次环视这间小舱房，这里是他度过将近半辈子的小天地。

　　突然灵光一闪，他记起那首诗的最后一句：

　　"吾已快活一世，今犹快活而去。"

8

星际舰队

钟劳伦斯爵士不是个重感情的人,国家观念更是淡薄;他不会在意爱国与否的问题——虽然在念大学的时候,有一阵子故意留一条辫子(那是他那个年代的流行打扮)。不过,天文馆回放的钱学森号蒙难故事却深深地感动了他,使他决定倾全力往太空发展。

不久,他经常在周末往月球跑,并且任命第二小的儿子查尔斯为钟氏太空货运公司的副总裁。这家新成立的公司只有两艘弹射式的氢燃料动力火箭船,船身质量都不到一千吨;这种火箭船虽然马上就要过时了,但可以让查尔斯增加实务经验。依劳伦斯爵士的判断,这种经验在未来几十年会很重要。因为到头来,太空时代必然会来临。

从莱特兄弟到廉价的大宗空运时代的来临,其间相隔不到半个世纪；但人类花了两倍的时间，才开始迎接太阳系更大的挑战。

回顾20世纪50年代，当美国物理学家阿瓦雷茨及其工作团队发现μ子催化聚变时，大家似乎认为那只是实验室里稀奇的玩意儿，或只是纯理论的东西，没有什么实用价值。当年伟大的卢瑟福勋爵看不出原子能有什么前途；同样，阿瓦雷茨也很怀疑这个"低温核融合"的实用性。的确，直到2040年，人类在偶然的情况下制造出μ子偶素（Mu）与氢（H）的"化合物"之后，才开启了人类历史崭新的一页——正如同中子的发现开启了原子时代。

如此一来，人类可以制造出体积很小的可携式核能发电机，而且只需很少的防辐射设备。但由于以往投资在传统融合领域的金额颇为庞大，因此全世界的发电厂最初还来不及更换这种新的设备；不过它对太空旅游业的冲击立即显现出来。其冲击之大，只有一百年前喷气式飞机的发明对当时航空业的影响可比拟。

没有能量上的限制，宇宙飞船可以飞得更快；在太阳系里旅行，以往一趟都要好几个月，甚至好几年，现在只要几星期就行了。不过，μ子驱动器只是个反应器——是一种比较先进的火箭——基本原理和以前的化学燃烧火箭没什么两样，必须装入工作流体才能产生推进力。而最便宜、最干净、最方便的工作流体就是——普通的水。

这种有用的物质对太平洋宇宙飞船基地而言，永远不虞匮乏。但近在咫尺的月球宇宙飞船基地又是另一回事了，以往的勘测者号、阿波罗号和月球号等探测器历次的探测结果，都发现月球上没有半滴水。假如月球上原来有天然的水，长久以来遭受陨石不断撞击的结果，也会将它蒸发而散布在太空中。

或者说月球学家以往是这么认为的；但自从伽利略将第一架望远镜瞄向月球，就有种种迹象显示情况刚好相反。在月球的黎明后几个小时中，可以看到上面许多山顶都闪闪发光，似乎是有雪覆盖着。最有名的例子是阿里斯塔克斯陨石坑边缘的环形山；当年赫歇尔（被称为现代天文学之父）曾观察到环形山的山巅在月球的黑夜里闪着亮光，他以为那是一座活火山。他错了，他看到的是地球的光被一薄层透明的冰霜——月球表面经过三百多小时的冰冻夜晚之后所凝结而成的——反射的结果。

. 自从在施罗特尔山谷（从阿里斯塔克斯陨石坑的环形山蜿蜒分出的一道峡谷）底下发现有大量的冰贮藏之后，太空飞行更加方便了。作为一个燃料补充站，月球的位置恰到好处；它刚好位于地球重力场外端的斜坡上，也是前往其他行星漫长旅途的起点站。

"乾坤号"是钟氏船队的第一艘宇宙飞船，设计成地球—月球—火星航线的客货两用船，通过与十几个政府机关之间复杂的交涉，船上装了仍在实验阶段的μ子驱动器，因此乾坤号属于一艘试验船。它在月球上雨海区的一处造船厂建造完成之后，推进力恰好可以在零载荷情况下驶离月球，从此只来往于各轨道之间，而不在任何星球降落。依照劳伦斯爵士一贯喜欢张扬的行事风格，他特地将乾坤号的首航日期定在2057年10月4日，也就是"史波尼克"（俄国第一颗人造卫星）一百周年的纪念日。

两年之后，乾坤号的姊妹船"银河号"加入船队，专门跑地球—木星航线；它的推进力足以直接来往于木星各大卫星之间，但相对的，载荷少得多。必要的话，它甚至可以回到月球老巢进行维护或改装。它是有史以来人类所建造的宇宙飞船速度最快的；假如它将所有燃料一次性燃烧完毕，可以冲刺到每秒一千公里的速度——从地球到木星只要一星期，而到最近的恒星需要一万年左右。

船队的第三艘船"宇宙号"集前两艘之大成，是劳伦斯爵士最得意的一艘宇宙飞船。不过宇宙号原先的设计目的不是用来载货，而是有史以来第一艘客运船，来往于各太空航线——最远可达号称"太阳系宝石"的土星。

劳伦斯爵士为宇宙号的首航安排了更特别的节目，但由于与工人改革联盟月球分会之间有些纠纷，完工日期受到延误，因此整个节目计划都泡汤了。在2060年的最后几个月里，宇宙号离开地球轨道前往会合地点之前，必须完成首航的测试，以取得罗得公司的保险凭证。时间非常紧迫：哈雷彗星是不等人的——即使这个人是钟劳伦斯爵士。

9

宙斯山之谜

探测卫星"欧罗巴六号"已经在轨道上运行快十五年了，远超过当初设计的寿命；是不是该把它换下来，在盖尼米得小小的科学圈里引起很大的争论。

它里面装载着整套普通的搜集数据仪器，以及一套目前已经淘汰的影像系统；虽然操作情况仍然很好，但它所显示的欧罗巴，只是颗被重重云层包围的星球。盖尼米得上的科学团队很辛苦，每星期必须用"快速浏览"模式将欧罗巴六号上的数据全部细看一遍，然后原封不动地传回地球。大致而言，假如欧罗巴六号有一天报废了，里面的一大堆数据也取完了，他们一定会轻松不少。

突然，多年来的第一次，它搜集到了一些有趣的东西。代理天文主任分析了最新的数据后，立即打电话给范德堡。

"欧罗巴六号在轨道71934上，"他说道，"刚要由永夜面出来——正往宙斯山方向飞去。不过你要在十秒钟之后才会看到画面。"

屏幕上一片漆黑，但范德堡可以想象在浓厚云层下方一千公里的地方，冰原景色不断地往后飞逝。几个小时之后，遥远的太阳将会照到那里，因为欧罗巴每七天（地球时间）会绕自转轴转一圈。因此，"永夜面"应该叫作"微亮面"比较适当，因为有一半的时间还是蛮亮的，只是没有热量传过来。虽然永夜面名称不太恰当，但大家已经叫惯了，尤其还有一项感情因素在内：从欧罗巴上看，太阳会有日出、日落，但太隗永远在同一位置。

现在快要日出了，欧罗巴六号的高速飞行让日出速度变得更快。当欧罗巴的地平线从黑暗中现身时，一条模糊的亮带出现在屏幕中央，将屏幕一分为二。

接着，一阵强光突然爆出，让范德堡好像看到一颗原子弹爆炸似的。说时迟那时快，不到一秒钟，那道强光的颜色依彩虹的七彩顺序迅速变化，然后在太阳跃出山顶的刹那变成纯白色——此时自动过滤器切入电路中，影像就此消失。

"就是这样。可惜当时没有工作人员值班，否则他可以将摄影机镜头向下移动，在飞越山顶时将整座山看清楚——不过这已经足以否定你的理论了。"

"怎么说？"范德堡问道，心里狐疑多于恼怒。

"你只要把刚才的画面重新慢速播放一次，就知道我的意思了。那些漂亮的彩虹效应——不是大气现象，而是山本身造成的。只有冰才会产生这种现象。玻璃也可以——但看起来不太可能。"

"其实也不无可能——火山可以产生自然的玻璃——但通常是黑色的……啊，对了！"

"什么对了？"

"呃——看过全部数据以后我才敢说；不过我猜那是岩石的结晶——透明的石英。你可以用它来制造漂亮的三棱镜和透镜。还有没有机会再多观察几次？"

"恐怕没有了——得靠运气才看得到——太阳、山和摄影机必须刚好位于一条直线才行。一千年内恐怕没有第二次了。"

"无论如何还是谢谢你——你能不能送一份拷贝过来？不急——我马上要赶到培林做田野调查，回来之后才会看它。"范德堡抱歉地干笑一声，"你知道，假如真的是石英，那可就值钱了；也许可以用来解决我们的财务问题……"

不过这纯系幻想。因为当初发现号传来的那条警告，无论欧罗巴藏有什么奇观——或宝物，人类永远无法拿到手。五十年后的今天，那个禁令毫无解除的迹象。

10

《愚人船》

在旅程的最初四十八个小时里，弗洛伊德一直不敢相信宇宙号上的各项生活设施居然如此舒适、宽敞——只能用"豪华"两个字形容。但同船的其他大多数旅客则视为稀松平常；尤其是以前没离开过地球的人，以为所有宇宙飞船都是这个样。

为取得正确的观点，他必须回顾一下人类的航空史。在一生中，他目睹了——事实上是亲身经历了——地球的一次太空革命（现在地球正在他的后面逐渐变小远离）。在笨拙的列昂诺夫号与先进的宇宙号之间，正好相隔五十年。（主观上说，他实在无法相信有这么久——但这是个简单的数字问题，否认也没有用。）

同样，莱特兄弟与第一架喷气式飞机之间，也刚好相隔五十年。在20世纪前叶，不怕死的飞行员戴着护目镜，坐在没挡风设备的座位上，在田野里惊险地飞上飞下；只不过是五十年的时间，老太太就可以安稳地睡着，以每小时一千公里的速度在各大洲之间飞来飞去。

因此，当他看到舱房内如此豪华、优美的陈设，甚至有服务员负责打扫整理，实在不必太大惊小怪。最令他惊讶的是那面特大号的窗，刚开始他总觉得很担心，它如何经得起舱内数以吨计的空气与舱外一刻也大意不得的无情真空之间巨大的压力。

虽然已经看过最新的相关文献，对他来说最大的惊奇仍然是全舰居然都有重力存在。宇宙号是有史以来第一艘连续加速飞行的宇宙飞船——除了中途回转的几个小时之外；当它的巨大燃料槽装满五千吨纯水时，航行的加速度可以维持十分之一个G——虽然不大，但足以让所有物品保持稳定，不会到处乱飘。这在用餐时特别方便——但乘客必须花好几天的时间才能学会怎样使搅汤的动作不过猛。

从地球出发四十八小时之后，宇宙号上的乘客已经自然而然地被分成四个明显的阶级。

贵族阶级包括舰长史密斯及其他高级船员；其次是乘客；然后是一般船员——士官和服务员；然后是三等舱……

这是舰上五位年轻的太空科学家自我调侃的分类，将自己归类为最低的一级；最初是开玩笑的，后来却有几分事实。当弗洛伊德将他们狭窄的、临时拼凑的宿舍与自己豪华的舱房相比时，他马上同意他们的说法；这也成为他们不断向舰长抗议的导火线。

其实他们没什么好抱怨的；当初由于赶工的关系，曾经考虑过是否预留他们和仪器设备的空间，最后总算还是留了。现在，他们可以期望在那关键性的几天中，也就是当哈雷彗星绕过太阳然后离开太阳系之前，可以在彗星周围——甚至在彗星上面——部署一些仪器。这个科学团队的成员都很清楚，他们在这趟旅程中必须保持自己的好名声；因此，只有当为身体太累或当仪器不听使唤而生气时，他们才会开始抱怨空调系统太吵、舱房太窄、偶尔有来路不明的怪味等。

但没有人抱怨食物，大家一致同意舰上的食物很棒。史密斯舰长曾经夸口："比当年达尔文在'小猎犬号'上吃的还要棒得多。"

维克多·威利斯立即反驳道："他怎么知道的？而且听说有一位小猎犬号的指挥官在回英国后自杀了。"

这是威利斯典型的作风；他可能是全球最有名的科学记者（对他的拥护者而言），或通俗科学家（对他的反对者而言。说这些反对者是他的敌人可能不甚公平；他的才华是全球公认的，虽然有时还是有点保留）。他说话带有软软的中太平洋口音，在摄影机前的表情非常夸张，这两者都成了许多人模仿的对象。他留着一副复古的长髯，也形成了一股风潮（或歪风）。批评他的人常说："留那么长的胡子，一定是想掩饰什么。"

毫无疑问，他是舰上六个VIP中最容易辨认的一位——弗洛伊德不认为自己是个VIP，因此经常戏称他们为"万人迷五人组"。其实，当伊娃·美琳偶尔走出公寓，在纽约的公园大道散步时，经常没有人认出她。米凯洛维奇最恨自己的五短身材，比一般人足足矮了十公分；难怪他老是喜欢搞千人大乐团——无论是真正的乐团或是电子合成器里的虚拟乐团——但公众形象一直无法提升。

葛林堡和穆芭拉也是属于"有名的无名氏"之列——虽然这次回地球之后情况将会改观。葛林堡是登陆水星的第一人，但他那张和蔼而毫无特色的脸孔很难让人留下印象；况且，他占据新闻版面的风光时代已经是三十年前的事了。穆芭拉女士虽然是位名作家，但和其他许多作家一样，不喜欢上脱口秀节目，也不喜欢搞签名会，因此她的数百万读者中没几个认得她。她在文坛闯出名号是轰动21世纪40年代的一件盛事。通常，希腊神话的学术研究不太可能列入畅销书的排行榜；但穆芭拉女士将取之不尽的神话放在当代的时空背景里。一个世纪以前，只有天文学家和古典文学家才熟悉的诸神名字，现在已经变成每个知识分子世界观的一部分；几乎每天都有来自木卫三盖尼米得、木卫四卡利斯托、木卫一艾奥、土卫六泰坦、土卫八伊阿珀托斯的新闻——甚至来自更不为人知的木卫十一加尔尼、木卫八帕西法厄、土卫七许珀里翁、土卫九菲比……

不过，假如不是将写作焦点集中在朱庇特（即宙斯）复杂的家庭生活上，她的书可能不会那么热卖。（宙斯复杂的性关系产生了希腊诸神，以及一大堆奇奇怪怪的神话人物。）该书的一位天才编辑心血来潮，将原来的书名《奥林匹斯见闻录》改为《诸神的激情》，更是神来之笔。一些眼红的学院派人士常将该书谑称为《奥林匹斯色情录》，但私底下很希望自己也能写一本。

穆芭拉马上被舰上乘客取名为"玛吉·M"；而擅于制造噱头的她则创造了"愚人船"这个名词。威利斯很热心地立即响应，但不久发现这个名词已经有人用过了。差不多在一个世纪以前，美国女记者安妮·波特曾经与一群科学家和作家搭乘一艘远洋邮轮前往观看"阿波罗十七号"的升空，为人类第一阶段的月球探险活动画下一个句点。她于1962年写了一部长篇小说，书名正是《愚人船》。

穆芭拉女士知道这件事之后，做了如下的预告："《愚人船》的第三个版本可能即将出现。当然，在回地球之前，我不敢肯定……"

11

谎 言

范德堡再度想到宙斯山，并且重新投入关于它的研究，已经是好几个月以后的事了。他这一阵子都在为盖尼米得的开发工作忙得不可开交；他曾经离开达耳达诺斯基地的办公室好几个星期，去探勘吉尔伽美什—俄西里斯[1]之间的单轨车预定路线。

盖尼米得是伽利略卫星中最大的一颗；自从木星引爆之后，它已经彻底改变过，而且仍不断地改变。新的恒星将欧罗巴的冰层融化了；但对于远在四十万公里外的盖尼米得，影响就没那么大——但仍可在盖尼米得的永昼面中央地带产生温带气候。在那边有一些小小的浅海——有的与地球上的地中海一般大——范围约在北

---

1 达耳达诺斯、吉尔伽美什、俄西里斯：木卫三盖尼米得上三座环形山的名称，名称源自三种不同神话体系的角色。

纬四十度与南纬四十度之间。在20世纪历次"旅行者"任务所绘制的地图上的地形，已经没残留下多少了。融解中的永冻层，以及由"潮汐力"（最内围的两颗卫星也受到同样的力作用）所引发的板块运动，成为了盖尼米得上新地图绘制人员的噩梦。

相同的情况却使盖尼米得变成了行星工程师的乐园。除了干燥、较不适合人居的火星，这里是未来唯一有可能允许人类不穿宇宙飞行服，在光天化日之下行走的星球。盖尼米得上有充分的水、生命所需的所有化学物质，以及——至少在太隗照到的地方——比地球大多数区域更温暖的气候。

最棒的是，人们不必再穿着覆盖全身的航天服；未来的大气虽然还无法用来呼吸，但密度已经足够，因此只要戴个简单的面具和一个氧气筒就行了。在几十年内——微生物学家预测，但说不出确定的时日——甚至连这些都可以免了。许多产氧的菌种已经被散布在盖尼米得的表面上，大多数无法存活，但仍有些会大量繁殖；大气成分分析图上的曲线已经在缓缓上升，所有来到达耳达诺斯基地的访客都可以看到这个值得夸耀的图表。

长期以来，范德堡一直注意着欧罗巴六号传来的数据，希望有一天当它绕到宙斯山上空时，云层会再度散开。他知道这种可能性非常渺茫；但只要有一丝机会存在，他决不会放弃而去做其他的研究。他不急，他手边有许多更重要的工作——无论如何，宙斯山之谜揭晓之后，答案也许很简单、很无趣。

不久，欧罗巴六号忽然停摆，几乎可以确定是陨石撞击所致。而在地球上，威利斯做了一件糗事——许多人这么认为——居然去采访一群所谓的"欧罗巴狂"，他们是20世纪"UFO狂"的嫡系继承人。他们有些人一口咬定说，欧罗巴六号之死是由于冥府鬼魂作祟；但对于欧罗巴六号可以正常运作十五年（几乎是设计寿命的两倍）的事实却视若无睹。威利斯强调了这一事实，也批判了其他邪门的说法；不过一般人对此事的看法是：他根本就不应该去采访那些乱七八糟的人，让他们有机会公开胡说八道。

范德堡很喜欢同事称他为"固执的荷兰佬"，并且在行事作风上尽量符合这个封号。对他而言，欧罗巴六号的报废是一项无法克服的挑战——他绝不可能找到一笔钱弄个新的，因为那个唠叨不休的老不死好不容易闭嘴了，大家高兴都来不及。

既然如此，有没有别的办法呢？范德堡坐下来思考这个问题。他是个地质学家，不是个天文物理学家；因此花好几天的时间才突然发现，自从他踏上盖尼米得开始，答案就一直在他的眼前。

南非语是世界上所有语言中最适合用来咒骂的，即便是使用最文雅的字眼，都会伤及无辜。范德堡用南非语发飙了几分钟之后，打电话到提亚马特天文台（位于盖尼米得的赤道上，小而亮的太阳永远挂在它的头顶上）。

天文学家一天到晚关心的，都是宇宙中最壮观的物体；因此对那些一辈子专搞小玩意儿（例如行星）的地质学家都是一副"施舍"的态度。但在这个边陲地区这种现象比较少，大家会互相帮忙；天文台的韦金斯博士不仅好相处，而且富有同情心。

当初提亚马特天文台的设立只有一个目的——事实上，那也是人类在盖尼米得上建立基地的目的之一——就是研究太隗。这项研究不但对理论科学家极为重要，对核子工程师、气象学家、海洋学家等，也都有无比的重要性——更别提政客和哲学家了。光是想到那些可以将一颗行星变成恒星的不明生物，就够令人惴惴不安、彻夜难眠了。如果人类能够学会整个过程，也许将来必要的话可以如法炮制一番——或者避免重蹈覆辙。

到目前，提亚马特天文台已经观察太隗十几年了，用尽各种形式的仪器，连续记录其光谱（包括所有电磁频率），并且积极用雷达不断地探测它（雷达波是由架设在一个小型陨石坑上的一百米碟形天线发出的）。

"没错，"韦金斯博士说，"我们经常观察欧罗巴及艾奥。不过我们的雷达波束都聚焦在太隗上，所以只能在它们行经太隗面前的几分钟时间看到它们。而且你说的宙斯山是在永昼面上，在那段时间里都被挡住了。"

"这我当然知道，"范德堡有点不耐烦地说道，"但你能不能把雷达波束稍微偏一点，趁着欧罗巴尚未到达雷达和太隗的连线上时瞄它一下？只要偏个十几二十度，就可以看到永昼面了。"

"其实只要偏一度就够了；也就是说，趁欧罗巴运转到轨道的另一端时，偏一度就足以闪过太隗而直接看到欧罗巴的全貌了。不过这时候欧罗巴的距离变成了原来的三倍以上，其反射能力只剩下原来的百分之一。虽然如此，也许行得通，可以试试看。请告诉我你们搞遥测的人认为有用的项目，诸如：频率、波幅包络、偏极化等等的规格。我们不费吹灰之力就可以很快地装好'相位移动'电路，将雷达波束偏转个几度。除此之外我就不知道了——这个问题我们从来都没想过。也许我们早该这么做——无论如何，除了冰和水之外，你到底想在欧罗巴上看到什么？"

"如果我知道的话，"范德堡愉快地说，"就不用找你帮忙了，对吧？"

"还有，当你发表这篇论文的时候，我不会和你争排名。算我运气不好，我的姓（Wilkins）的首字母排在很后面，比你的姓（van der Berg）的首字母还要落后一个字母。"

这是一年前的事：长距离扫描效果不是很好，将雷达波束稍微偏转来观察欧罗巴的永昼面，比原先想象的困难得多。不过还是传来了最后的结果；经过计算机的消化之后，范德堡抢先看到了太隗出现后的欧罗巴地图。

正如韦金斯博士的预测，欧罗巴上绝大部分是冰和水，还有一些玄武岩露头，夹杂着硫黄的沉积物。但是有两个异常的地方。

一个看起来是图像处理过程中产生的东西，是条笔直的线条，约有两公里长，几乎没有雷达反应。范德堡将这个问题留给韦金斯博士去伤脑筋——他只对宙斯山有兴趣。

他花了很多时间做鉴识的工作，因为结果太奇怪了，只有疯子——或是走投无路的科学家——才会相信有这种事情。尽管他把每一个参数都反复检测到精密度的极限，他还是不敢真的相信。他甚至不知道下一步该怎么走。

当韦金斯博士打电话来询问结果时（其实他关心的是自己的名字是否已经在信息网络上广为流传），他只含糊其词地说一切仍在分析当中。但最后他实在没办法再敷衍下去了。

"没什么值得兴奋的事，"他告诉满腹狐疑的韦金斯博士说，"只是一种稀有的石英罢了——我正在跟地球上的样本做比对。"

这是他第一次向科学同行撒谎，心里有点惶惶然。

不过，除此之外他又能怎样？

12

保罗大叔

范德堡已经十年没见过他的舅舅保罗了，而且这辈子再度见面的机会微乎其微；不过他对这位老一辈的科学家总是有一份亲切感。舅舅保罗是上一代科学家中仅存的硕果，也是唯一能够细数祖先生活方式的耆老——这要看他肯不肯开金口（通常是不肯）。

保罗·克罗伊格博士——家人和大多数朋友都叫他保罗大叔——随时都在；只要你需要他，他都会亲自或透过五亿公里的无线电连接，提供各项信息和建议。听说当年诺贝尔奖审查委员会因为受到极大的政治压力，故意忽视了他在粒子物理学上的贡献；虽然在20世纪末曾经有一番大改革，但目前委员会里还是一样乱糟糟的。

就算这项传说属实，克罗伊格博士仍然毫无怨怼之心。他生性谦逊、不摆架子，因此，即使在龙蛇杂处的黑名单圈子里（他所属的政治派系被迫流亡国外），他也没有敌人。的确，他广受尊敬，因此南非合众国（USSA）屡次邀请他回去，但都被他婉拒了——他赶忙解释说，他不回去不是因为顾虑人身安全，而是"近乡情怯"让他无法承受。

即使以家乡的语言交谈（说这种语言的人口已经不到一百万），范德堡的遣词用字还是非常小心，并且使用家族成员才懂的迂回式说法，以免被旁人偷听。保罗很轻易就听懂了他的外甥在讲什么，但他不太相信。他很担心这位外甥恐怕是搞错了，心里盘算着怎么样以最婉转的方式反驳。他一向习惯不急于发表论文，因此现在也觉得暂时保持沉默方为上策……

况且，假设——只是假设——那是真的？保罗想到这里不禁寒毛直竖。突然间，一系列的可能性——科学的、经济的、政治的——纷纷闪过他眼前，而且越想越觉得事有蹊跷。

克罗伊格博士不像他的先祖有虔诚的宗教信仰，因此在遇到危机或烦恼时，没有上帝可以倾诉。现在他倒希望有个信仰；但如今才想到要祷告，恐怕也没什么用了。当他打开计算机开始进入数据库时，他一时也搞不清楚，究竟是希望外甥真的有重大发现，还是子虚乌有。难道上帝他老人家真的和人类开了一个天大的玩笑？保罗记得爱因斯坦的名言，说上帝是微妙的，但绝无恶意。

别胡思乱想了！克罗伊格博士告诉自己。你的好恶、你的希望或恐惧，都与这件事毫不相干……

一个挑战已经从太阳系彼端丢过来，在未查明真相之前，他是睡不安稳了。

13

没人叫我们带泳衣……

史密斯舰长直到第五天——也就是宇宙飞船回头之前的几小时——才宣布一项小小的消息。正如他所料，消息一宣布就引来一阵震惊。

威利斯首先从震惊中回过神来。

"一座游泳池！在宇宙飞船里！你一定在开玩笑。"

舰长靠回椅背，准备舒适一下。他向已经知情的弗洛伊德笑了笑。

"嗯，我猜哥伦布地下有知一定非常惊讶，船上居然有这么多设备。"

"有没有跳水板？"葛林堡很渴望地问道，"我在大学的时候拿过冠军。"

"事实上——有的。只有五米高——不过在舰上十分之一G的环境下，自由掉落至水面需要三秒钟。假如你要更长的时间，我想寇帝斯先生一定会帮忙，将宇宙飞船的推进力降低一点。"

"这样好吗？"这位主任工程师冷冷地说，"这样不是会把先前的轨道计算打乱吗？还有，水不会有溢出来的危险吗？表面张力，你知道的……"

"以前不是有座太空站里面设有球形的游泳池吗？"有人问道。

"巴斯德医院在开始自转之前，曾经在其中央部位试过，"弗洛伊德回答道，"但效果不好。在零重力之下，那必须是个完全密闭的空间。假如在那个大水球里一时惊慌，很容易有溺毙的危险。"

"不过那倒是被列入吉尼斯世界纪录的一个方法——在外层空间溺毙的第一人——"

"怎么没有人告诉我们要带泳装来？"穆芭拉抱怨道。

"她如果有自知之明的话，早就该知道要带泳装来了。"米凯洛维奇小声地向弗洛伊德说道。

史密斯舰长敲了敲桌子要大家安静。

"还有一点很重要，请注意听。你们知道的，午夜时我们会到达最大速度，并且开始刹车。因此驱动力将于23:00关闭，然后宇宙飞船将要掉头。在推进力于01:00重新启动之前，我们将有两小时处于无重力状态。

"大家可以想象得到，到时候船员会很忙——我们要利用这段时间检查引擎和船壳，这些工作在船开动时无法进行。我强烈建议在这段时间内大家最好去睡觉，并且用安全带将自己轻轻绑在床上。所有服务员必须检查每件物品，不要有松动的现象，以防重力恢复时引起不必要的麻烦。有没有其他问题？"

大伙鸦雀无声，似乎还没从惊骇中回复过来，也不知道下一步该怎么办。

"我一直希望大家会问到，在宇宙飞船里搞个奢侈的游泳池要花多少钱——既然大家都没问，我就直接说了。它一点也不奢侈——根本不用花钱；不过我们希望这将是未来太空旅游的最佳卖点。

"你们知道，我们必须携带五千公吨的水当作反应物质，因此不妨好好利用它。第一号燃烧槽目前已经有四分之三是空的了；我们将保持这样直到旅程的最后阶段。就这样，明天早餐之后——咱们在下面的'海滩'上见……"

当初紧急赶工，让宇宙号尽快升空的情况下，竟然还能够考虑到这个"华而不实"的东西，真是令人惊讶。

所谓"海滩"其实是一块金属平台，约有五米宽，沿着燃料槽的曲度延伸至周长的三分之一。虽然燃料槽的对面墙壁只有二十米远，但利用高明的影像投射技术，却让它看起来在无限远处。冲浪者在水域中央感觉上好像凌波急驰，但永远到达不了对岸。在远方还可以看到一艘漂亮的载客快艇（任何旅游业者都能立即认出那是钟氏海空通运公司所属的船只），正在海平线扬帆前进。

为了让幻觉更为逼真，脚下甚至还有细沙（稍微经过磁化处理，以免四处乱撒）；而且在短短的海滩尽头有一丛棕榈树，除非靠近仔细检视，否则就像真的一样。为营造更逼真的田园气氛，头顶上还有一颗热烘烘的太阳；很难想象就在这层墙壁的外面，真正的太阳也在照耀着，其热度是地球上任何海滩上的两倍。

这艘宇宙飞船的设计者将内部空间的利用发挥到淋漓尽致。因此，葛林堡常抱怨"可惜没有海滨巨浪"就显得有点吹毛求疵了。

14

寻寻觅觅

　　科学上有个很重要的原则：不要轻信任何"事实"——无论已经反复证明多少遍——除非那个事实可以纳入某个公认的参考架构里。当然，偶尔会有一个实验结果粉碎了原先的架构，并且因而建立一个新的架构，但这种情形非常罕见；通常百年也难出现一个伽利略或爱因斯坦，凡夫俗子最好安分一点，别老想吃天鹅肉。

　　保罗大叔完全接受这个原则；除非能提出合理的解释，否则他不会相信外甥的发现，而且就他所知，合理的解释不必把上帝牵扯进来。他使用了仍然非常锋利的"奥卡姆剃刀"之后，越来越认为范德堡可能搞错了；若真如此，要找出错处应该易如反掌。

　　但令保罗惊讶的是，要找出错处还真不容易。在目前，雷达遥测资料的分析技术已相当纯熟可靠；保罗委托的专家在冗长的分

073

析之后都得到相同的答案。他们还问道："你的数据是哪里来的？"

"抱歉，"他总是回答，"我不能说。"

下一步是假设这件不可能的事是正确的，然后开始查阅文献。这是一项庞大的工程，他甚至不晓得从哪里查起。但有一件事很确定：暴虎冯河的蛮干是注定要失败的。这与德国物理学家伦琴当年的情况很类似；那天早上他发现了X射线之后，就马上在当时所有的物理学期刊里寻找合理的解释；但他所需的数据要在几年之后才会出现。

不过他至少可以赌一下运气，他正在寻找的东西搞不好就藏在浩瀚的科学知识里的某个角落。保罗大叔慢慢地、小心地弄了一个自动搜寻程序，尽量将不相干的数据统统排除掉；比如说，将所有与地球相关的参考文献（肯定有好几百万篇）统统砍掉——而将重点集中在与外星相关的论文。

保罗大叔最大的一项优势是计算机预算多得用不完，这里面有一部分是他用智慧为许多单位、机构出点子换取来的。目前这个研究案虽然有可能要花不少钱，但他不用担心账单的问题。

但结果花的钱竟然少得出乎意料。他运气不错，整个搜寻"只"花了两小时又三十七分钟，停在了第21,456篇数据上。

啊！这一篇就够了。保罗大叔兴奋极了，竟然连他自己的计算机系统都辨识不出他的声音；他必须重复说一遍，计算机才听懂，将它打印出来。

这篇文章只有一页，1981年发表在《自然》杂志上——大约是他出生的五年前！——当他快速扫描那页文献时，他不但了解外甥所说的都是真的——而且同样重要的是，他完全了解这个奇迹发生的原因。

这本出版了八十年的期刊的编辑一定很有幽默感。本来一篇讨论太阳系外围行星的核心的论文，绝不会引起一般漫不经心的读者的兴趣，这篇却有一个别出心裁的标题。他的计算机应该会马上告诉他，这个标题是由一首有名歌曲的歌名改编的，究竟是哪一首歌，当然没这么重要。

无论如何，保罗大叔从来没听说过披头士，也不知道他们吸食迷幻药吸得晕头转向的事。

II

黑雪谷

15

与哈雷相会

哈雷彗星现在已经很近了，但反而看不到了。说起来好玩，从地球上反而看得比较清楚；它的尾巴已经长达五千万公里，且与其轨道呈直角，像一面旌旗在看不见的太阳风里飘扬。

在预计与彗星会合的当天早上，弗洛伊德一大早就从噩梦中醒来。这很不寻常——他居然会做梦（至少记得梦中情景），这一定是期待几个钟头以后即将到来的事情而兴奋过度吧。另外，不久之前卡罗琳传来的一个信息——问他最近有没有小克里斯的消息——也让他有点担心。他曾经简短地回电，说他帮小克里斯在宇宙号的姊妹舰乾坤号上谋得目前的职位，结果他连一声谢谢也没有。或许他现在已经跑腻了地球—月球航线，想到别的地方找刺激。

"跟往常一样，"弗洛伊德补充了一句，"等他高兴的时候，自然会告诉我们他在哪里。"

　　用完早餐之后，所有乘客和科学小组人员都集合在一起，听取史密斯舰长的行前简报。其实科学小组根本不用听；假如他们觉得不耐烦，主屏幕广告牌上面所显示的奇异景象马上会将他们的幼稚情绪一扫而空。

　　屏幕上的图案会让人觉得宇宙号更像是正飞进一团星云，而不是飞近一颗彗星。前方的天空是一片白色的云雾——很不均匀，其间夹杂着一块块灰色的凝结水汽、一条条亮带和闪闪发光的喷射气体，全部是从一个中央点发射出来的。在目前的放大倍率之下，那颗"彗核"只是个小小的黑点，几乎看不见，但它显然是周遭所有现象的源头。

　　"我们将在三个小时之后切断动力，"舰长说道，"到时候我们距离彗核只有一千公里，速度几乎等于零。我们将会做一些最后的观测，以决定降落的位置。

　　"因此我们将在12:00整变成无重力状态。在那之前，你的舱房服务员会检查每样东西是否全都拴牢。这跟上次回转的情况完全一样，不过这次需要三天的时间——而不是像上次的两小时——重力才会恢复。

　　"哈雷彗星的重力？别提了——还不到1厘米／秒平方——大约只有地球上的千分之一。假如你耐心等待，你才会感觉到它的存在，就是这样。东西掉下一米就要花十五秒钟。

"为安全起见，我希望大家在接近和着陆时都待在观察室里，并且绑好安全带。无论如何，那个地方的视野最好，而且整个行动过程不会超过一个小时。我们只会使用非常小的校正动力，但什么方向都有可能，或许会造成感觉上的小小困扰。"

不用说，舰长所谓"小小困扰"指的是"太空晕船"——但大家都心照不宣，因为这个名词在宇宙号上是个禁忌。不过很显然，有许多只手都偷偷地往座位底下的储物格摸去，看看有没有塑料袋可用；虽然有点尴尬，但紧急时还是非它不可。

屏幕广告牌上的影像随着放大倍率的调高而变大。有一阵子弗洛伊德觉得好像坐在一架飞机上，穿过层层薄云准备着陆，而不像是坐在宇宙飞船里逐渐接近那颗最有名的彗星。彗核看起来越来越大、越来越清楚；它现在已经不是个小黑点，而是个不规则的椭圆形——像漂荡在宇宙大洋中的一座千疮百孔的小岛——突然间，它看起来自成一个世界。

弗洛伊德仍然还没有尺度的概念，他虽然知道眼前的东西总长不到十千米，感觉上却好像有月球那么大。但月球的边缘没有那么不规则，也不会到处喷出小团气体——以及两团较大的。

"我的天！"米凯洛维奇大叫道，"那是什么？"

他指着彗核的下缘，刚好在明暗分界线里面一点的地方。毫无疑问——但怎么可能？——在彗核的暗面有一个亮光，正在以非常规律的节奏闪烁着：亮、暗、亮、暗，每两三秒钟闪烁一次。

威利斯博士的老毛病又发了："我可以用几个简单的字解释给你听……"史密斯舰长一声咳嗽打断他的话。

"很抱歉，你可能要失望了，米凯洛维奇先生。那只是'取样侦测器二号'的信号灯罢了。它已经停在那边一个月，等我们来把它收回去。"

"不好意思，我以为是什么人——或什么东西——在那里欢迎我们呢。"

"恐怕没那么好的事，我们在这里是孤零零的。那个信号灯的位置就是我们打算降落的地点——接近哈雷彗星的南极，目前是漆黑一片。这对我们维生系统的运作有好处；在太阳照到的地方，温度高达120摄氏度——远高出水的沸点。"

"难怪这颗彗星这么趾高'气'扬，"脸皮超厚的米凯洛维奇说道，"那些喷气看起来对我的身体不太好。你确定我们可以下去吗？"

"这就是为什么我们选在暗面着陆的另一个理由；那里没有任何喷气活动。现在容我告退一下，我必须回舰桥去。这是我第一次有机会降落在一个全新的世界——我不确定以后还有没有这种机会。"

史密斯舰长的一票听众逐渐散去，鸦雀无声。屏幕广告牌上的影像又恢复到正常的大小，彗核再度缩小成一个几乎看不见的小点。不过在这短短的几分钟里，它似乎稍微变大了点，那应该不是幻觉。再过不到四个小时，宇宙飞船就要与彗星会合；目前它正以每小时五万公里的速度冲向彗星。

在这节骨眼上，假如宇宙飞船的主引擎发生什么问题的话，宇宙飞船会在哈雷彗星上撞出个大洞来——比目前所有的坑洞都大。

16

着 陆

正如史密斯舰长所料，这次的着陆一点也不刺激。他无法说出宇宙号触地的时刻；经过整整一分钟，乘客才知道宇宙飞船已经完成着陆，而爆出一阵迟来的欢呼。

宇宙飞船停泊在一个山谷的入口，四周都是小山丘，高度约一百米。假如有人想看到像月球上的景色，那他一定会大吃一惊；这里的地形与月球上光滑、和缓的景致完全不同，后者是数十亿年来被无数的微小陨石不断撞击所形成的。

而在这里，没有一样东西的年龄超过一千年；金字塔都比这里的地形地物古老得多。哈雷彗星每次绕过太阳的时候，都会被太阳之火重新改造一次——同时也逐渐变小。自从上次在1986年绕日飞过之后，它的彗核形状已经有些微的改变。威利斯仍然不改口无遮拦的本性，用了大胆的比喻形容它，他告诉他的观众："这颗'花生'已经变得更像细腰黄蜂了。"的确，根据种种迹象显示，再多绕太阳几次之后，哈雷彗星有可能断成大约相等的两块——就像1846年的比拉彗星一样，当时曾经让天文学家叹为观止。

彗星上几乎等于零的重力也造成其表面上的特殊景观：到处都是蜘蛛网状的结构物，就像超自然艺术家的幻想之作；还有许多叠得奇形怪状的岩堆，这种叠法连在月球上都支撑不了几分钟。

虽然史密斯舰长将宇宙号的降落地点选在哈雷的南极深夜区——与炽热的日照区足足相距五公里——但照明度还是相当充足。由于整颗彗星都被一层气体和尘埃包围，形成一圈发亮的"光晕"，这个地区似乎因此而蒙受其利；你可以想象它仿佛就是南极冰原上空的极光。如果这还不够亮，太隗可以提供相当于数百个满月的额外亮度。

虽然事先已经知道彗星上是个完全没有颜色的世界，但抵达实地之后仍然让大家颇为失望；事实上，宇宙号一直就停在一个露天煤矿里；这个比喻真的很恰当，它四周的黑色大都是由碳及其化合物与冰雪紧密混合所造成的。

史密斯舰长理所当然第一个离开宇宙飞船，他轻轻地从宇宙号的主气闸爬出来。虽然气闸只有两米高，但着实花了一番工夫才下到地面。接着，他立即用戴着手套的手从地面上捧起一堆粉末仔细端详。

舰上其他的人都屏息以待，想亲聆即将列入历史课本的不朽话语。

"看起来像胡椒盐，"舰长说，"如果能解冻，也许可以长出漂亮的农作物。"

依据计划，此次任务包括一整个"哈雷日"（Halley day，哈雷彗星上的一日，相当于五十五小时）待在南极；整天没事干，名副其实的"假日"（Holiday）。然后——假如没什么问题——行进十公里前往难以确定的"赤道"，研究其中一个间歇泉在一天一夜中的变化情形。

主任科学家潘德瑞尔立即展开工作。他和另一位同事坐上一辆双人喷射橇，驰往那部一直闪着信号灯的探测器。一小时后，他们带着包装得好好的彗星样品回来，得意扬扬地将它收藏在冷冻库里。

同时，其他的几个小组沿着山谷架起蜘蛛网般的电缆线路；他们将柱子打入硬脆的地面，然后将缆线架在上面。这个电缆网络不但可以作为所有仪器与宇宙飞船之间的联系，而且可以让人员在舰外的活动更方便。他们不必使用笨重的"舰外行动器"，就可以在这个区域来去自如；他们只要用一条绳子将自己拴在电缆上，然后双手交互运用，即可沿着缆线到处走动。而且比起使用舰外行动器，这样有趣多了；所谓"舰外行动器"，事实上是一艘单人宇宙飞船，使用起来复杂得不得了。

看着这些事在进行，乘客都觉得很新鲜；他们听见无线电里的对话，并且分享发现新事物的刺激。差不多十二小时之后——比葛林堡当年登陆水星时的作业时间短得多——这群被关在宇宙飞船里的观众开始无聊起来。没多久，他们开始谈起有关"出去"的话题——除了威利斯，他一反常态，显得很低调。

"我想他是害怕，"米凯洛维奇不屑地说道。他一开始就不喜欢威利斯这个人，因为他发现这个科学家是个音痴。虽然这样对威利斯很不公平（他曾经自愿当小白鼠，让人家研究音痴的种种现象），米凯洛维奇仍然不放过他："无音乐修养者，必有叛逆、欺骗和腐化。"

弗洛伊德在离开地球之前，就已经决定非下船不可。玛吉·M很愿意尝试任何事情，不用鼓励她也会下去（她有一句口号："一个作家永远要把握尝鲜的机会。"她的感情生活多彩多姿，就是实践这句口号的最佳证明）。

伊娃·美琳一如平常，一直保持神秘；但弗洛伊德已经决定要单独带她游一趟彗星。至少，好人做到底；每个人都知道，这位隐遁多年的传奇女星能列入乘客名单，有一部分是他促成的。现在大家都在开玩笑说，他们两人在谈恋爱；他们任何一句无心的话，都被米凯洛维奇和船医马欣德兰马辛德拉拿来作为取笑的材料。尤其是马欣德兰马辛德拉医师，表面上对他俩敬重有加，但心里是又羡慕又嫉妒。

弗洛伊德虽然一开始感到困扰——因为他年轻时确实暗恋过她——但随即处之泰然。只是他不知道伊娃对这件事的感受，到目前为止他也没有勇气问她。在舰上这个紧密的小社会里，任何秘密都很少藏得住六个小时以上；但她仍然维持一贯的沉默——就是这种神秘的特质，让她风靡无数影迷达三代之久。

至于威利斯，他刚发现一件麻烦的事情；事虽小，但一粒老鼠屎足以毁了一锅粥。

原来，宇宙号上配备有最新式的"马克二十"航天服，其面罩采用防雾兼不反射的材质，保证可以获得最佳的视野。虽然头盔有各种尺寸，但没有一顶适合威利斯——除非动"大手术"。

他花了整整十五年才好不容易建立了个人的注册商标（一位评论家曾经称之为"修剪艺术的最高境界"，也许是恭维之词吧）。

威利斯的那把胡须就是他与哈雷彗星之间唯一的障碍；他马上得面临一项抉择——要胡须还是要哈雷。

17

黑雪谷

乘客想下船逛逛，史密斯舰长曾经提出一些反对的意见。但他知道，大老远来到这里，如果不下去走走，实在也说不过去。

"你们如果遵照指示的话，应该没有问题。"他终于举行简报，"即使有人没穿过宇宙飞行服——我确定只有葛林堡指挥官和弗洛伊德博士穿过——也没关系；它们穿起来很舒服，而且是全自动的。在气闸通过检查之后，根本不需要任何控制或调整。

"只有一项严格的规定：每次只有两个人可以出去活动。当然会有一个人负责护送，用一条五米长的安全索跟你们绑在一起——必要时可以伸长到二十米。另外，你们两人都必须拴在已经沿山谷架设好的两条缆绳上。这里的道路规则跟地球上一样：靠右边走！假如你要超越任何人，只要解开绳扣就行了——但其中一人必须时时与缆绳连在一起；这样的话就不会有飘出太空的危险。还有其他问题吗？”

“我们在外面可以待多久？”

“随你高兴，穆芭拉小姐。不过我的建议是，只要你感觉有点不适，就马上回来。第一次出去的话，也许一个小时最好——虽然感觉上好像只有十分钟……”

史密斯舰长说得没错。当弗洛伊德瞄了一下定时器时，真的不敢相信已经过了四十分钟。不过他不应该这么惊讶，因为此时他离宇宙飞船已经有一公里远了。

身为最年长的乘客——说他是“资深乘客”也可以——大家都礼让他，让他第一个出去。而且他要谁跟他一起去，不言而喻。

“跟伊娃去EVA（舰外活动）！”米凯洛维奇大笑道，“有这么有趣的事！不过——”他的笑容很暧昧，“穿上那该死的航天服，想要怎样怎样恐怕很难啰。”

伊娃毫不犹豫地答应了，但答应得不很热切。弗洛伊德有点失望：“算了！她就是那个样。”倒不是说他有不正当的妄想——老头子一个，还会有什么妄想——而是失望：不是对伊娃，而是对自己。她有如蒙娜丽莎（有人如此比喻她），已经超乎他人的褒或贬了。

这样的比喻有点不伦不类，蒙娜丽莎虽然神秘，但绝无情色的成分在内。而当年伊娃的魅力在于以独特的方式将两者融合在一起——再加上一份天真无邪。半个世纪之后，这三种成分在她身上仍然依稀可见——至少，在某些人眼中是如此。

唯一看不见的——弗洛伊德不得不承认——是真正的个人风格；他绞尽脑汁想在她身上找出属于她个人的东西，但想到的都是她以前饰演过的那些角色。他很不情愿地同意某位影评所说的："伊娃是反映男人情欲的一面镜子，但镜子本身没有特色。"

现在，这位独特而神秘的尤物正跟在他的身旁，一起在哈雷彗星上遨游；他们正跟随着向导，沿着架设在整座"黑雪谷"的双轨缆线前进。"黑雪谷"是他取的名字；虽然在地图上没有这个地名，但他还是像小孩子一样得意。其实，在一个地形瞬息万变的世界里（和地球上的天气一样多变），地图是没有意义的。他一边看着四周的景色，一边品尝着里面蕴藏的知识。这样的景色以前没有人亲眼见过——可能以后也无缘再见。

在火星上，或者在月球上，有时候你可以——得运用点想象力，而且不去看那不一样的天空——假想你是在地球上。但在这里根本不可能，因为这里到处都是高耸的——而且常常过度堆栈的——雪堆，几乎不受重力的约束。你必须很仔细地观察四周环境之后，才能确定哪里是上面。

黑雪谷很不寻常，因为它有着相当坚固的结构——是一块岩礁，镶嵌在由冰冻的水和碳氢化合物混合而成的不定型堆积物里。这块岩礁是怎么来的，地质学家还在争论不休：有的说它原来是块陨石碎片，在很久以前撞上彗星。垂直钻探的结果显示它是许多有机化合物的复杂混合体，很像冰冻的煤焦油——不同的是，它的形成过程里完全找不到生命参与其中的证据。

覆盖着这座小山谷的"雪"并不完全是黑色；当弗洛伊德用手电筒的光束扫过时，它会闪闪发光，仿佛里面嵌着无数颗微小的钻石。他怀疑哈雷彗星上真的有钻石；没错，这里有很多碳，但同样确定的是，这里从未存在过产生钻石所需的高温和高压。

由于一时的冲动，弗洛伊德弯下身来，用双手捧了一团雪。在几乎没有重力的环境下，这个动作没那么简单；他必须用两脚向安全索一蹬，像个走钢索的空中飞人——但是头下脚上，样子有点滑稽。当他的头触及脆弱的地面时，几乎感觉不到阻力，整个上半身都埋在里面；然后他轻轻拉一下拴绳，将自己和满手的哈雷拉出来。

他把手里那一堆掺有细微晶粒的膨松物质压实，成为一个刚好盈握的球形；同时私下希望能够透过绝缘的手套感觉一下。当他拿在手中把玩时，可以看到它虽然是一团漆黑，但有许多亮点在里面闪烁。

突然间，在他的幻想中，那个黑球变成纯白——而且他也似乎回到童年，站在昔日的冬季游戏场，四周都是小男孩想象中的鬼魂。他甚至可以听到同伴的叫声，手里握着洁白的雪球在辱骂他，恐吓他……

这段回忆一闪即逝，却是刻骨铭心，因为里面包含着深沉的感伤。经过了一个世纪，他已经记不得任何一位当时围着他的朋友（这些朋友早已作古）；不过他知道，他曾经喜欢过其中几位。

他热泪盈眶，手中紧握着那颗彗星上的雪球。接着，幻影逐渐淡出，他又回过神来。这一刻不再是感伤，而是得意。

"我的天！"弗洛伊德大喊，声音在宇宙飞行服里面狭小的空间中回荡，"我现在正站在哈雷彗星上——此生夫复何求！假如现在有一颗陨石打到我，我也死而无憾！"

他抡起双臂，将那颗雪球投向众星。它又小又黑，立即不见了踪影，但他仍然继续眺望着星空。

接着，出乎意料，当它升至阳光照射之处时，突然爆出一阵亮光。它虽然漆黑，但反射的光线已经足够耀眼，在微亮的天空中衬托下，可以看得一清二楚。

弗洛伊德目送着它，直到看不见为止——也许是被蒸发了，也许是距离太远了。无论如何，在上面辐射线那么强的地方，它撑不了多久的；但有几个人能像他一样，可以宣称曾经亲手创造了一颗彗星？

18

老实泉

　　当宇宙号还停在哈雷的南极阴影中时，小心翼翼的探索行动就已经展开了。首先是派出数艘单人驾驶的舰外行动器，轻轻地喷着气体，在向日面和背日面上到处巡逻，记录所有有趣的事。这些先遣的探勘行动一旦完成，他们就派出几组科学家，每组可达五人，搭乘舰上的航天飞机出去，在重要地点部署设备和仪器。

　　"贾丝明夫人号"是一艘分离舱，与发现号时代的原始分离舱有很大的差异：它只能在无重力环境中使用。基本上，它是一艘小型的宇宙飞船，采用用来搭载人员和运送较轻货物的设计，来回于宇宙号和火星、月球或木卫之间。它的驾驶员将它当作贵妇人看待，曾经开玩笑地抱怨说，让它绕着又小又寒酸的彗星团团转，实在有失它的身份。

由于史密斯舰长已经非常确定哈雷——至少在其表面上——没什么看头，因此开始转移阵地。只不过移动了十几公里，宇宙号就来到了一个完全不同的世界，从原来连续昏暗好几个月的南极来到一个有昼夜循环的地带。当黎明到来时，彗星也开始苏醒过来。

　　当太阳从崎岖不平且近得不像话的地平线爬上来时，它的光芒立即斜射到表面上密密麻麻的小坑洞里。大多数的坑洞都是不活动的，它们狭窄的咽喉都被矿物质盐类的硬壳堵住。在哈雷上，再也找不到一个像这里这么五彩缤纷的地方；因此，生物学家曾经误以为这里已开始出现生命，像当初的地球一样，以藻类的形式存在。到现在还有许多人仍不死心，不过终究还是要面对现实。

　　另外有些坑洞则不断有袅袅蒸汽冒出，以奇异的直线上升；因为这里没有风，不会将蒸汽吹偏。除此之外，通常在一两个小时内都不会发生什么事；但当太阳的热穿透其冰冻的内部时，哈雷就开始"激动"起来——正如威利斯所形容的——"像一群鲸鱼般"。

　　虽然形容得很传神，但还不算是个精准的比喻。从哈雷的向日面喷出的气体不是断断续续的，而是一喷就是连续好几个小时；而且喷出之后并不向下抛回地面，而是一直往上去，直到加入、消失在上方发亮的云雾里。

　　刚开始的时候，科学小组战战兢兢的，就像火山学家在接近西西里岛上的埃特纳火山或意大利半岛上的维苏威火山的心情，来看待这些"间歇泉"。但不久之后，他们发现哈雷上的喷发虽然看起来很可怕，事实上却非常温和、有节制；水喷出的速度大约与普通消防水管的喷水速度相仿，而且只是稍微有点温。水从地底的贮存库里冒出来不到几秒钟后，马上变成蒸汽和冰粒的混合物；这时的哈雷，仿佛被包围在一阵暴风雪中，不过方向是往上。即使喷出的速度不大，但没有一滴水会掉回来。因此，每绕日一次，彗星就会"大失水"一次，流失于无垠的太空中。

经过大家的催促，史密斯舰长终于同意将宇宙号移到离"老实泉"一百米的地方，它是向日面上最大的一个间歇泉。那景象非常壮观——从一个三百米宽的坑洞中，一柱灰白色的云雾自一个非常小的孔里生长出来，形状像棵大树；那个坑洞可能是属于彗星上最古老的岩层之一。不久，科学家就进到坑洞里到处攀爬，搜集各种五颜六色的矿物样本（唉！可惜里面完全没有生物），偶尔漫不经心地将温度计、取样玻璃管等塞进那个高耸的水-冰-气混合柱里。"小心！"舰长警告说，"假如谁被它冲到太空去，别指望有人马上去救你。事实上，我们也许会在这里等你自己回来。"

"他讲那些话是什么意思？"米凯洛维奇问道。威利斯一如往常，马上给出了答案。

"在天体力学里，很多事情跟你的想象完全不一样。从哈雷抛出的任何物体如果速度不是很快，则仍然会循着几乎相同的轨道运动——只有抛出之速度非常大时，轨道才会有明显的差异。因此绕完一圈之后，这两个轨道将再交会——你将会回到原来的地方；当然，那时候你已经老了七十六岁。"

离开老实泉不远的地方，是另一个令人不可思议的现象。科学家第一次见到它时，简直不敢相信自己的眼睛。在哈雷彗星上暴露于真空中的环境下，居然有个广达数公顷的湖泊；这个湖泊除了颜色非常黑之外，与其他普通的湖泊没两样。

很显然，那里面不是水；在这样的环境下，唯一能稳定存在的液体是大分子的有机油类或焦油。事实上，这个被命名为"托内拉湖"的湖泊比较像沥青，除了有一层不到一毫米厚的黏稠表面之外，其余都很像固体。在重力几乎等于零的地方，必须经过好几年的时间（也许要经过几趟太阳烈火的熬炼），才能形成现在这么平滑如镜的表面。

直到舰长制止之前，这个湖泊俨然成为了哈雷彗星上最主要的观光景点。有人发现（但不知是谁）在湖面可以正常行走，就像在地球上行走一般自然；表面上那一层黏稠的薄膜刚好可以提供足够的黏性，将脚粘住。不久，几乎所有的船员都来这里留影，照片上看起来好像他们是在水面上行走。

接着，史密斯舰长在巡视气闸时，赫然发现墙壁上溅了许多焦油，立即大发雷霆；从来没有人见过他那么生气。

"真的有够糟，"他咬牙切齿地说道，"宇宙飞船的外表竟然卡了一层——油烟。哈雷彗星是我所见过最肮脏的地方。"

从此之后，他不准任何人在托内拉湖上乱跑了。

19

坑道的尽头

在一个狭小、封闭的世界里，大家都互相熟识的情况下，没有比遇到陌生人更令人惊骇的事了。

当弗洛伊德沿着通往休息室的通道轻飘过去时，就有过这种令人不安的经验。他吃惊地望着这位闯入者，心里非常纳闷，这个偷渡者怎么这么久都没被发觉。对方也回瞪他，样子有些尴尬，也有些虚张声势，很显然在等着弗洛伊德先开口。

"啊，威利斯！"弗洛伊德终于说话，"抱歉，我刚才没认出是你。你居然为了科学做了这么大的牺牲，要不要我公开表扬你一下？"

"当然要，"威利斯没好气地回答，"我有办法把头塞进某顶头盔里，但这把要命的胡须不断制造噪音，害得没有人听清楚我在说什么。"

"你打算什么时候出去？"

"葛林堡一回来我就出去，他跟钱特去做洞穴探险了。"

人类于1986年首度飞近哈雷彗星后，已经推测出它的密度远低于水；意思是说，它可能是由非常疏松的物质构成，或者有密密麻麻的洞穴。后来发现两种解释都是对的。

起初，一向小心谨慎的史密斯舰长一概禁止任何的洞穴探险；但潘德瑞尔博士提醒他说，他的首席助理钱特博士是一位经验老到的洞穴学家，舰长终于让步。事实上，这是钱特获选的主要原因之一。

"在重力这么小的环境下，洞穴是不可能发生坍塌的，"潘德瑞尔向勉强答应的舰长说道，"所以不会有被困在里面的危险。"

"如果迷路怎么办？"

"假如钱特听到这句话，一定会认为这是对他专业素养的一大侮辱。他曾经深入美国的猛犸洞二十公里。无论如何，他一定会使用导引索。"

"通信问题呢？"

"导引索里面有光纤。还有，航天服的无线电也许大致全程可通。"

"哦，那他想进入哪个洞穴？"

"最佳地点是在小埃特纳山脚下的一处干涸间歇泉，它已经至少有一千年没动静了。"

"我倒希望在未来几天也不要有任何动静。好吧，还有哪一位要去？"

"葛林堡已经志愿要去，他曾经在巴哈马地区做过很多次海底洞穴探险。"

"我也试过一次，不过一次就够了。告诉葛林堡人命关天。他只能进到仍看得见入口的地方，不可再深入。假如他与钱特失去联络，没经我批准不许去找他。"

不过他私底下很清楚，要下这样的决心很难。

钱特博士听过许多有关洞穴学家的老笑话，说他们喜欢往洞穴里钻是由于子宫情结；不过他非常确定这种说法不值一驳。

"子宫是个吵得要死的地方，老是有一大堆的重击声、碰撞声、嘎嘎声，"他辩称，"我喜欢洞穴是因为里面非常安静、祥和，在里面感觉不到时间的流逝；除了钟乳石会逐渐变粗之外，经过几十万年也不会有什么变化。"

但现在，当他抓着又细又韧的导引索（另一端是葛林堡）往彗星深处飘去时，这才发现和他想象的大不相同。他虽然提不出科学上的证明，但地质学家的直觉告诉他，这个地底世界一定刚诞生不久（以宇宙的时间尺度衡量）；它比人类的某些城市还要年轻。

他现在正轻跃通过的隧道直径约有四米，加上几乎没有重力的感觉，让他清晰地回想起地球上的洞穴潜水。低重力让他产生这种幻觉：感觉上好像是携带着稍微过重的东西，一直缓缓地下沉。只是这里毫无阻力的现象告诉他，现在是在真空中移动，而不是在水里。

"我刚刚看不到你，"葛林堡在入口内五十米处说道，"无线电通信情况仍然良好。里面景色如何？"

"很难说——我无法辨识任何岩层，所以不知道该用什么字眼描述它们。看起来不是什么岩石；一碰就碎——感觉上好像正在探索一块巨大的格吕耶尔干酪……"

"你是说它是有机物？"

"没错！但跟生命无关就是了；不过，这是构成生命的绝佳材料。各式各样的碳氢化合物，化学家看到这些东西一定乐翻了。你还看得到我吗？"

"只看到你电灯的余光，而且消逝得很快。"

"啊……这里有些真的岩石，看起来好像不属于这里，可能是从外面进来的。啊！我挖到金子了。"

"少来！"

"它曾经骗过许多旧时的西方人，其实这是黄铁矿。它在外围卫星上很普遍，但不要问我它为什么在这里……"

"失去视线联系了，你已经深入洞中两百米了。"

"我正在经过一个独特的岩层，很像陨石残骸。在过去，这里一定发生过很有趣的事情，我希望能查出是什么时候发生的。哇！"

"不要吓我好不好？"

"抱歉——害我差点停止呼吸。前面有一个大洞，像个房间；我没料到会碰到。我们用手电筒四周照看看……"

"它几乎是球形的，直径有三四十米。而且令人难以置信，这里居然有钟乳石和石笋——哈雷彗星上到处都令人惊奇。"

"那有什么好惊奇的？"

"这里既无流动的水，也没有石灰岩，重力又这么小。这些看起来像是某种蜡。请等一等，让我好好用录像机把它们拍摄下来。形状挺诡异的……像是蜡烛滴下来所形成的。说来奇怪……"

"又怎么了？"

钱特博士说话的声调突然变了，葛林堡立即察觉。

"有些柱子断了，散落一地，看起来好像……"

"继续说！"

"——好像有某种东西曾经在里面乱闯。"

"不可能的。是不是被地震震断的？"

"这里不会有地震，只有间歇泉产生的微震罢了。也许在过去曾有一次大喷发；无论如何，那是几世纪以前的事了。在倒塌的石柱表面上有一层这种蜡的薄膜，约有几毫米厚。"

钱特博士慢慢恢复了镇定。他不是个想象力丰富的人（洞窟探险会很快让人失去想象力），但这个地方的气氛使他回忆起一些不愉快的往事。同时，那些倒塌的石柱看起来像极了牢笼的铁条，被某个恶魔在逃跑时拆毁了……

当然，这种想象完全没有依据；但是经验告诉他，不可轻忽任何的预感或危险的前兆，直到找出其来源。这种小心的态度曾经让他多次死里逃生，因此他不会再轻举妄动，除非找出让他心生恐惧的原因。他也毫不讳言，"恐惧"是正确的字眼。

"钱特，你还好吧？发生了什么事？"

"我还在录像。这些形状让我想起印度神庙里的雕塑，蛮色情的。"

他故意将注意力移开，不去直接面对他的恐惧感，希望借着注意力的转移，在不知不觉中逃避这些恐惧。同时，纯机械式的录像和采样动作，让他心无旁鹜。

他不断地提醒自己，这里没什么不对劲，目前的恐惧是正常的；只有当恐惧升高为惊慌，那才会要人命。他一生中有过两次惊慌（一次在山腰上，另一次在海底）；直到现在一想起这些往事，仍然像摸到湿冷的东西一般，不禁打起寒战。不过，谢天谢地，这些都过去了；而且不知何故，他现在觉得很笃定。整件事就像一出以喜剧收场的戏。

他不知不觉笑了起来，不是歇斯底里的笑，而是开怀大笑。

"你有没有看过《星球大战》那部老片子？"他问葛林堡。

"当然看过，而且看过五六遍。"

"嗯！我现在知道我在烦恼什么了。那部影片有一个场景，描述卢克的宇宙飞船钻进了一颗小行星，没想到与一条躲在洞里的大蛇碰上了。"

"那不是卢克的宇宙飞船，是索罗的'千年隼'。我一直搞不懂，那可怜的畜生在那里怎么过活。它一定老是活在饥饿状态中，等待偶尔从太空送上门的食物碎屑。而且，莱娅公主也不够塞它的牙缝。"

"我绝不打算当怪兽的餐点，"钱特博士已经恢复自在，"这里不太可能有生命存在，即使有，食物链也非常短。能找到比老鼠大的生物，都会让我很惊讶了。或许比较有可能找到蘑菇……现在让我看看，下一步我们该走哪里……在这个'房间'的另一侧有两个出口。右边那个比较大，我想……"

"导引索还剩下多长？"

"喔！还足足有半公里。走吧。我现在正在房间的中央……该死！撞到壁了。现在抓稳了……我头先进去。这壁很光滑，如假包换的岩石……只可惜……"

"怎么了？"

"不能再前进了。钟乳石越来越多……越来越密，我没办法过去……而且越来越粗，不用炸药没办法弄断。不过太可惜了……它们的颜色很漂亮；这是我在哈雷上第一次看到这么漂亮的绿色和蓝色。请稍等一下，让我把它们拍摄下来……"

钱特博士紧靠在狭窄坑道的墙壁上，用摄影机瞄准目标。当他戴着手套的手指伸向"高强度"按钮时，没有按对，却误触灯光的主开关，以致灯光完全熄灭。

"设计得真烂，"他喃喃抱怨道，"这已经是第三次了。"

他没有立即改正错误，因为他一直喜欢那份安静和黑暗，这种完全的安静和黑暗，只有在洞穴深处才经历得到。虽然随身的维生设备发出轻微的背景噪音，但至少——

——咦，那是什么？从刚才挡住他去路的重重钟乳石后面，传来一丝暗淡的亮光，像黎明的第一道晨曦。他的双眼逐渐适应黑暗之后，它显得益发明亮，而且颜色逐渐偏绿。现在，他甚至可以看清楚前方重重障碍物的轮廓……

"怎么了？"葛林堡焦急地问道。

"没事——我正在观察。"

他本来想说"一边观察一边思考"。根据他的思考结果，那可能有四种解释。

太阳光有可能经由若干天然的管道透进来，例如：冰、石英或其他东西。但在这么深的地方？似乎不太可能……

由放射性产生的？他根本没想到要带放射性计数器，因为这里几乎不可能有什么重元素（即放射性元素）存在。不过值得下次再来检测一次。

或许是某种磷光矿物质——这是他觉得最可能的一项。要是这是赌博的话，他愿意下注。不过还有第四种可能性，虽然最不可能，但是最有意思。

钱特博士永远忘不了那个没有月亮也没有太阳的夜晚，当时他正在繁星点点的夜空下，漫步于印度洋滨的一处沙滩。海面非常宁静，但偶尔会有懒洋洋的海浪冲上他的脚，碎裂的浪花激起一阵亮光。

接着，他走入浅海里；他现在仍然记得海水轻触脚踝的感觉，像站在温暖的浴缸里。每走一步都会激起同样的亮光，甚至在水面上双手一拍，也有相同的效果。

在这里，哈雷彗星的心脏地带，可能有发光的生物演化出来吗？他很喜欢这种想法。为一探究竟，必须先除去眼前的障碍物；但破坏这么精美的自然艺术品实在罪过。这层障碍物让他回想起某间大教堂里面的祭坛布幔——但他还是决定回去拿些炸药来。但是，还有很多坑道没去……

"这条路已经不通了。"他告诉葛林堡，"我想试试另一条。回到交叉口，并且将导引绳的滚动条设定为'回收'。"他没有透露有关神秘微光的事；他再度打亮手电筒时，那些微光立即不见了。

葛林堡没有马上响应，这有点不寻常；也许他正与宇宙飞船通话。钱特一点也不放在心上；只要再度接通，他可以把话再说一遍。

他的确不用担心，因为葛林堡终于来了一个简短的回报。

"好，葛林堡——刚才的一分钟我以为你走失了。我已经回到那个'大房间'，正走入另一条坑道。希望这条路没有障碍物。"

这次葛林堡马上有了响应："抱歉，钱特。请立即回舰。有临时状况——不，不是这里，宇宙号完全没事。不过我们可能要马上回地球。"

只经过了几个星期，钱特博士就已经找出一个颇具说服力的理论，解释那些断裂的石柱。每当彗星飞近太阳而将其中的物质喷向太空时，其质量分布都会不断地改变。因此，每经过数千年，它的自转会变得不稳定，而改变转轴的方向。这种变化非常激烈，像个失去能量的陀螺，开始要翻覆的样子。到时候所造成的彗星地震，规模可达里氏五级以上。

不过他还是解释不了那神秘的微光。虽然这个问题马上被另一个即将上演的戏剧性事件比下去，但心中的失落感仍然一辈子挥之不去。

即使偶尔还会心有未甘，但他从未向任何同事透露。尽管如此，他仍然将此问题移交给了预计在2133年展开的下一次哈雷彗星探险任务。

20

奉命返航

"你见过威利斯没有？他现在蛮沮丧的。"米凯洛维奇兴高采烈地问道，此时弗洛伊德刚好匆忙路过，舰长有事找他。

"回地球途中他会好转的，"弗洛伊德没时间理会这种鸡毛蒜皮的事，没好气地说，"我正要去看一下发生什么状况。"

当弗洛伊德抵达时，史密斯舰长仍然坐着，一副惊魂未定的样子。假如这个意外事故发生在自己的舰上，他一定像一阵龙卷风般发号施令，指挥若定。但对于目前的情况，他只有干瞪眼，静候地球方面进一步的指示。

拉普拉斯舰长是一位老朋友了；他怎么会搞得如此一团糟呢？怎么想都想不通，既没有明显的意外，也没有导航错误或机器故障，居然会落得如此下场。史密斯舰长也心知肚明，宇宙号事实上爱莫能助。任务中心的人员也只能在那边干着急；每次出事时都一样（偏偏太空飞行又最容易出事），他们除了发出慰问电信及录取遗言之外，总是一筹莫展。但当史密斯舰长向弗洛伊德报告这项消息时，一点都没露出这些疑虑和隐忧。

"这是个突发事件，"他说，"我们奉命返回地球，准备进行救援行动。"

"是怎么样的突发事件？"

"是我们的姊妹舰银河号，在探测木星的卫星群时突然坠毁。"

他看到弗洛伊德脸上一副无法置信的表情。

"没错，我知道那是不可能的。但你听了就知道，银河号目前被困在欧罗巴上。"

"欧罗巴！"

"恐怕是这样。它坠毁了，但无人伤亡。我们仍在等候进一步的消息。"

"什么时候的事？"

"十二小时以前。它在通报给盖尼米得之前耽搁了一阵子。"

"那我们能做什么？我们目前在太阳系的另一边。先回月球轨道上补充燃料，然后沿着最快的轨道赶往木星，那可能——呃，至少要好几个月的时间！"（弗洛伊德心想，假如是在列昂诺夫号的时代，那需要好几年的时间……）

"我知道，但没有其他宇宙飞船可以派得上用场啊！"

"盖尼米得上面不是有自己的卫星际渡轮？"

"它们在设计上只适用于轨道航行。"

"可是它们曾经降落在卡利斯托。"

"那次任务所需的能量少得多。哦！它们刚好也可以降落到欧罗巴，但几乎不能载任何东西。当然，这个方案正在评估中。"

弗洛伊德几乎没有在听舰长讲的话，他仍在试图理解这则惊人的消息。这是半个世纪以来首次（而且是有史以来第二次）有宇宙飞船闯入被列为禁区的卫星。这起事件引发了不祥的联想。

"你认为，"他问道，"这件意外可能是欧罗巴上的什么人——或什么东西——造成的？"

"我正在怀疑，"舰长快快地说，"但几年来我们一直在探索那个地方，而且一无所获。"

"重点来了——假如我们前去搭救，会不会发生什么事？"

"我早就想到这个问题了。不过这些都仅止于推测；在获知更多事实之前，我们不会轻举妄动。同时，我之所以请你过来，是因为我刚刚接获银河号的船员名单，正在纳闷……"

他有点犹豫地将那份报表推过去。但弗洛伊德在瞄它一眼之前早已心里有数。

"我的孙子。"他淡淡地说。

他在心里告诉自己，他是我死后唯一延续我家香火的人。

III

欧罗巴轮盘赌

21

流亡政治

虽然所有事先的预测都倾向悲观，但出乎意料，这次的南非革命却没其他革命通常的那么血腥。一直被视为万恶之源的电视界，这次却立了大功。在一个世代之前的菲律宾就已经有过这种先例：当时大多数的人民，不分男女，都知道整个世界都在看他们，因此表现得比较理性而自制。虽然有少数令人遗憾的例外情况，但在摄影机前很少看到大屠杀的场面。

大多数南非白人在发现情况不对时，早已在政权移转前纷纷避往国外了。而且走的时候并非两手空空，而是将大把大把的钞票转到瑞士或荷兰的银行，让新政府抱怨连连。到了最后关头，几乎每个小时都有好几架神秘的飞机从开普敦和约翰内斯堡起飞，前往苏黎世和阿姆斯特丹。据说到了自由日当天，整个南非共和国已经找不到一盎司的黄金或一克拉的钻石；而且黄金和钻石的采矿作业也几乎停摆。一位有名的流亡者在海牙的豪华公寓里大言不惭地说："那些黑鬼至少要用五年才能重建金伯利市的钻石采矿业——假如他们真的能重建的话。"不过使他大吃一惊的是，戴比尔斯钻石公司在不到五个星期的时间，就以新的名义和营运方式重新开张了；而钻石俨然成为了这个新国家唯一且最重要的经济命脉。

不到一个世代，虽然老一辈的流亡者还是顽固地坚守旧有的种族隔离思想，年青的一代却已经融入21世纪的种族隔离文化。他们偶尔会细数祖先的当年勇，但只有引以为荣的语气，而无大言不惭的味道；同时，他们也尽量与祖先的愚行划清界限。即使在自己家里，他们也已经几乎不再说南非白人的语言。

不过，正如同上个世纪的俄国大革命，事后还是许多人想复辟；复辟不成就搞阴谋破坏，让那些篡夺他们既得利益的人好看。通常这些人会将自己的挫折与悲愤以其他渠道发泄出来；他们到世界议会喊口号、示威游行、捣乱、请愿——以及用艺术创作来表达，但这种情况很少见。史末资所写的《人民先锋》被视为一本杰出的英文作品（为何不用南非的波尔文，耐人寻味）——即使是对他的政治立场有尖刻批评的人都不得不承认。

不过有一小撮人认为，政治行动没什么用，唯有暴力才可能达到复辟的目的；复辟是他们长期追求的目标。尽管他们之中没有多少人真的觉得自己可以改写历史，但仍有些人认为，既然胜利无望，干脆跟他们拼了。

在这两个极端之间——一端是完全融入，另一端是永不妥协——有许多政治性和非政治性的组织，构成了一张完整的光谱。其中，联合党虽然不是最大的一个，但是最有力量，也最有钱，这是毋庸置疑的。在旧政府时代，它透过旗下许多公司行号所构成的网络，专搞走私的勾当致富；这些公司行号后来都摇身一变成为合法，而且尊贵非凡。

在钟氏太空航运公司里有五亿就是联合党的钱，公然列在年度收支报表上。劳伦斯爵士在2059年又收到五亿，可谓如虎添翼，加速其小型太空舰队的成军。

钟劳伦斯虽然老谋深算，但对于最近联合党与钟氏太空航运公司的银河号包租任务却不闻不问。不管内情如何，当时哈雷彗星已经接近火星，劳伦斯爵士全心全意想让宇宙号如期升空，因而忽略了其他姊妹舰的日常工作。

虽然伦敦的罗氏保险公司对银河号所提出的路程计划内容多有质疑，但马上被摆平了。原来，联合党的分子无孔不入，已经渗透到许多重要机构担任要职；于是保险掮客倒霉了，而太空律师有福了。

22

危险货物

跑太空航线不是简单的工作，因为不仅出发点和目的地的位置随时在变（每几天就变化好几百万公里），而且两地的速度都高得惊人（每秒好几十公里）。想订定固定的航班几乎是不可能的事；他们往往必须在空港里（或在轨道上）耐心等候，让太阳系重新洗牌，直到对渺小的人类来说最方便的时机到来。

幸好，这些变化周期在几年前就可算出，因此，无论是船舰检修、更新设备，或是船员回行星休假等事宜，都可以事先做最佳的安排。如果运气好，加上强力的推销，他们偶尔可以拉到客人，做做短程的包租生意；再不济，也可以拉到相当于旧日的"游港湾一周"的生意。

拉普拉斯舰长很高兴，他在盖尼米得轨道上逗留三个月的时间显然没有完全白费。行星科学基金会意外地收到一笔匿名捐款，资助他们对木星的卫星系统（尤其是以往被忽略的十几颗小卫星）进行探勘。这些卫星中，有些一直未曾探勘过，更别说探访过。

范德堡一听到这项消息，马上打电话给钟氏公司的航运代理商，并且做了详细的查询。

"没错，首先我们将向内朝艾奥前进，然后近距离掠过欧罗巴……"

"只近距离掠过吗？有多近？"

"请等一下——怪了！飞行计划里没讲清楚。当然，它将不会进入禁区。"

"根据最近——应该是十五年前吧——的规定，是可以下到一万公里。无论如何，我想以行星学家的身份志愿参加。我会把资格证书送过去……"

"不用了，范德堡博士。他们已经邀请你参加了。"

不经一事不长一智，拉普拉斯舰长现在回想起来（不久之后，他将有很多时间回想），这趟包租一开始就疑点重重。有两名船员突然称病，临时被替换；他只庆幸有人接替，因而没有照惯例详细查验他们的身份资料。（不过即使查了，他也会发现所有资料都完美无瑕。）

装载货物的过程也有问题；身为舰长，他有责任检查任何上船的东西。当然不可能每样东西都检查，但只要有充分的理由，他就必须毫不犹豫地查个清楚。大致来说，宇宙飞船的船员是一群非常尽职的人；但长时间执勤会很无聊。虽然沉闷的心情有化学药物可以缓解（这药在地球上完全合法），但能不用就尽量不用。

　　二副小克里斯·弗洛伊德觉得事有蹊跷，立即向舰长报告。舰长分析，色层分析侦测器所侦测到的可能只是窝藏在某处的高档鸦片——舰上船员偶尔会偷偷吸几口。不过，这次事情恐怕没那么简单——应该说非常严重。

　　"报告舰长，是三号货舱，货号二／四五六。货物清单上说那是'科学仪器'，但里面装的是爆裂物。"

　　"什么！"

　　"千真万确，长官。这是它的X光照片。"

　　"我相信你说的，小克里斯。你有没有打开检查过？"

　　"没有，长官。那个箱子封得死死的，体积大约是半米乘一米乘五米。那是科学小组带上船的货物中最大的一件；上面贴有'易碎物品，小心搬运'的标签。不过好像每件东西都贴有这个标签。"

　　拉普拉斯舰长心事重重，手指无意识地在桌面上轻敲着。（这是张仿木纹的塑料桌面，他最讨厌这种图案；下次整修时一定要把它换掉。）即使是这个小动作，也让他吓得从椅子上跳起来；于是他不知不觉地用自己的脚钩住椅脚，把自己固定下来。

虽然他一直很信赖小克里斯（这位新来的二副非常称职，而且从不提及他有一位知名的祖父），但这件事也许有较简单的、令人放心的解释。也许侦测器搞错了，被其他化学物质的敏感分子键误导了。

或许他们可以下到货舱，强行打开那口箱子。不——那可能有危险性，而且可能引起法律问题。最好是能直接找到源头；至于打开来检查，那是迟早的事。

"请把安德森博士找来，并且不要将此事透露给任何人。"

"遵命，长官。"小克里斯恭敬地行了一个礼，不过动作有点夸张；然后轻轻地飘出舱房。

科学小组的组长还不太适应无重力的环境，因此进来时笨手笨脚的。他显然非常愤慨，不过再愤慨也没有用；因此，有好几次他甚至很粗鲁地去抓舰长的桌子。

"什么爆裂物！绝对不是！让我查一查清单……二／四五六……"

安德森博士在他的手提键盘上敲出数据，然后慢慢地念出来："'第五型插入机，数量：三部'。你看，没问题啊！"

"你倒说说看，"舰长说道，"插入机是什么玩意儿？"他虽然很担心，但还是忍不住笑了出来，因为那名称实在有点猥亵。

"那是采集行星样本的标准仪器。你把它丢下去，运气好的话它会插入岩层中，钻取一段圆柱状的岩石样本，最长可达十米——再硬的岩石都没问题；然后它会把详细的化学分析结果送回来。这是研究水星向日面或艾奥等地方唯一安全的办法。我们将把第一台丢到艾奥上。"

"安德森博士，"舰长极力耐住性子说道，"你或许是个杰出的地质学家，但你对天体力学恐怕相当无知。你在轨道上不可以把任何东西一丢了事的……"

说他无知，显然是无的放矢；从安德森的反应即可看出。

"那群白痴！"他说道，"搞什么！他们早就应该通知你。"

"说得没错。固态燃料火箭通常被归类为危险货物。因此我要求保险业者开具保证书，还有你个人担保，保证所有的安全系统都齐全；否则的话，我要把它们统统清出去。现在，还有没有其他我不知道的事？比如说，你们想做地震调查吗？听说那需要用到炸药……"

几个小时之后，稍微心平气和的安德森终于承认，他发现了两瓶氟元素，那是用来驱动光谱取样激光器的必要物质；当宇宙飞船在一千公里外掠过天体时，可以利用它来做光谱分析。由于高纯度的氟是人类所知最毒的东西，因此在违禁货物的名单上，它排在很前面。但和驱动插入机的火箭一样，它是此次任务不可或缺的物品。

现在，拉普拉斯舰长觉得所有必要的预防措施都搞定了，他也接受安德森的道歉；安德森解释说，出了这种差错都是因为这次的探险活动准备得太仓促了。

他认为安德森说的是实话，但也开始觉得这次的任务中，有些事情怪怪的。

到底有多怪，恐怕他永远无法想象。

23

地　狱

　　在木星被引爆之前，艾奥是太阳系中第二近似地狱的地方，仅次于金星。现在，太隗把它的表面温度再升高了好几百摄氏度，金星已经不够看了。

　　硫黄火山和间歇泉的喷发活动更加频繁，只要几年的时间（以前要好几十年），这颗受苦受难的卫星表面就会出现完全不同的新面貌。行星学家已经放弃绘制地图，他们宁可每隔几天从轨道上拍摄一些照片；从这些照片中，他们可以拼凑出令人惊心动魄的地狱景象，像慢动作的电影一般出现在他们眼前。

　　伦敦的罗氏保险公司对这段行程要求超高的保险费；但实际上，艾奥对一艘一万公里外掠过的宇宙飞船并无危险性——尤其是飞越其较为宁静的背面。

当他注视着那颗逐渐逼近的黄橙色星球（堪称整个太阳系最艳丽的天体）时，二副小克里斯不由得想起半个世纪以前的往事，他的祖父也来过这里。当时列昂诺夫号就是在此与弃船发现号相会，同时钱德拉博士将沉睡中的计算机哈尔唤醒。然后两艘宇宙飞船一起飞往L1点（即木星与艾奥之间的"内拉格朗日点"），去探索在该处徘徊的巨大黑色石板。

目前黑色石板已经不在了——木星也不在了；它已经像一只凤凰，在一阵爆炸中从一颗大行星变成小恒星，并且伙同原来的一群卫星，俨然成为了一个小太阳系；其中只有欧罗巴和盖尼米得的部分地区具有地球般的温度。没有人知道这样的情况能维持多久。一般估计，太隗的寿命介于一千年至一百万年之间。

银河号的科学小组忧心忡忡地望着L1点；目前那里很危险，最好不要靠近。在过去，木星与艾奥之间有一条所谓的"艾奥流量管"，其中有电能在流动。而太隗诞生之后，流量管中的电能强度更增加了好几百倍。有时候，用肉眼就可以看见这种能量流散发着钠离子特有的黄光。盖尼米得上有些工程师曾经讨论过如何取用那些近在咫尺的巨大能量，但一直没有人想出具体可行的办法来。

第一部插入机已经扔下去了（船员不忘以"插入"两字开着粗鄙的玩笑）；两个小时之后，像注射器一般插入了那颗浑身溃烂的卫星。经过五秒钟的不停操作（比预期寿命长十倍），将数千项测量出来的化学、物理和流变学数据传回之后，终于被艾奥烧毁。

科学家都欣喜若狂，但范德堡却没这么高兴。他本来就知道探测一定会成功，因为艾奥的情况太单纯了。假如他对欧罗巴的了解没错的话，第二部插入机铁定失败。

不过这并不能证明什么，有许多原因会造成失败。一旦失败，最后只有强行登陆一途。

当然，登陆欧罗巴是完全被禁止的——这不单纯是人类法律的问题。

24

夏卡大帝

星际警察这个头衔虽然响亮，但除了在地球之外，几乎没什么影响力；他们不会承认有"夏卡"这种组织存在。南非合众国也采取完全相同的立场；不过当有人不识趣地提到这个名字时，该国的外交人员马上会变得很尴尬，甚至恼羞成怒。

牛顿的第三定律适用于每个地方，包括政治领域。联合党里有一些极端分子，继续不断地在南非合众国里搞阴谋活动；该党虽然想撇清关系，但总是理不直气不壮。通常他们只搞经济破坏，但有时也干爆炸、绑架，甚至暗杀等勾当。

不用说，南非政府对此绝不姑息，他们成立了自己的官方反情报单位。这些单位的职权范围几乎没有什么约束，但对外口径一致，一概不承认有夏卡这种组织。或许他们是在师法美国中央情报局发明的"口头否认"伎俩，或许他们真的不知道有这个组织。

根据一项说法，夏卡这个名称本来只是个代号，后来就像苏联作曲家普罗科菲耶夫笔下的歌剧人物基杰中尉一般，有了自己的生命，许多政府官僚私底下都使用这个名称。这也许可以解释为什么从来没有一位夏卡的成员叛逃或遭逮捕。

另外还有一种解释（虽然有点牵强附会），有些人认为历史上确实有叫夏卡这个名字的人，夏卡的所有成员都有心理准备，一旦遭到严刑逼供，他们都会及时自我了断。

无论真相如何，没有人想象得到，那位伟大的祖鲁暴君夏卡大帝在去世两百多年后，仍然阴魂不散。

25

遮蔽的世界

在木星引爆之后的十年中，其卫星系统逐渐解冻，但一直没有人去过欧罗巴。后来，中国宇宙飞船曾经近距离掠过它，并利用雷达探测它的云层，试图找出钱学森号的残骸位置。他们虽然没有成功，但在永昼面的地图上，人们第一次看到了冰层融化后露出的若干陆块。

他们也在地图上发现了一处两公里长的笔直地貌，显然不是天然之物，因此他们命名为"长城"。根据形状和大小判断，它好像就是那块石板——不，应该说是其中的一块石板，因为在太隗诞生之前数小时，曾经有几百万块石板被复制出来。

不过，雷达探测都没有反应，也没有任何智能型信息从不断增厚的云层下方透露出来。因此过了几年之后，探测卫星都固定在轨道上，改以高空气球研究欧罗巴的气流结构。地球上的气象学家对此大感兴趣，因为欧罗巴的中央有个海洋，又有一颗永不下沉的太阳照耀着，是教科书上才有的完美简化模型。

于是，"欧罗巴轮盘"的赌局开始了；每当科学家提出更靠近这颗卫星的要求时，行政官员都喜欢用这个名词来形容。五十年过去了，一直没什么事情发生，大家开始感觉无聊。拉普拉斯舰长希望这样最好，并且一再要求安德森博士不要惹事。

"就我个人来说，"他曾经告诉安德森，"假如有人以每小时一千公里的速度向我丢掷重达一公吨的穿甲机器，我会认为那是不友善的行为。我很惊讶，世界议会居然准许你这么做。"

安德森博士听了也有点吃惊；但如果他知道这个探险计划案是科学小组委员会一长串议题的最后一个，而且是在星期五下午散会前草草通过的，他就不会那么惊讶了。历史就是由这样草率的决议创造出来的。

"我同意，舰长。不过我们的行动都有许多严格的限制，我们也绝对不会去干扰——呃，欧星人，不管他们是谁。我们锁定的目标是在海拔五公里的高度。"

"你这么说我就了解了。那么，宙斯山有什么好玩的呢？"

"它可神秘了，几年前它还没踪影呢。你终于明白为什么它会让所有地质学家抓狂了吧？"

"那你们的机器下去之后会对它做一番分析？"

"没错。还有——其实我不应该说出来的——他们要求将分析结果列为机密，并且用密码送回地球。显然有人正在进行一项重大的发现，并且很怕被别人抢先发表。你觉得科学家都这么小心眼吗？"

拉普拉斯舰长大可同意这句话，但他不想扫这位乘客的兴；安德森博士这个人看起来单纯得可爱，无论发生什么事，他都是在状况外——但舰长则很清楚，这趟任务比所见的要复杂得多。

"博士，我只希望欧星人不要去爬山。我不喜欢他们将旗子插在当地的最高峰时受到不必要的干扰。"

当第二部插入机被抛下时，银河号上弥漫着一股兴奋的气氛，就连原来的黄色笑话都没有人说了。在这部探测器下降至欧罗巴前漫长的两小时中，几乎每个船员都尽量找出各式各样的借口往舰桥跑，去看导引操作的过程。在着陆前十五分钟，拉普拉斯舰长宣布，除了新来的女服务生罗茜，禁止所有人到舰桥上；假如不是她不断提供上好的咖啡，这项操作任务是无法进行的。

每件事都很顺利。插入机一进入大气层，立即受到空气的阻力而减速，达到适当的着陆速度。目标的雷达影像逐渐在屏幕上扩大，但看不出其具体形状，也没有参考尺度。在着陆前一秒钟，所有记录器都自动调到了最高速率……

……然而完全没记录到什么。"现在我终于明白,"安德森博士伤心地说,"当年第一批'游骑兵'降落月球、所有摄影机统统死机时,喷气推进实验室里的那些人有多泄气了。"

26

守 夜

只有时间是到处存在的，日与夜只是仍在自转的行星上的局部现象罢了（在潮汐力夺去其自转能力之后，连日夜的区分都会消失）。无论离开故乡多远，人类都无法摆脱这个每日的规律，因为自古以来，日与夜就一直如此循环不已。

因此在通用时间01:05，舰桥上只有张二副孤零零一个人，全舰上下都在睡眠中。其实他也可以去睡觉，因为银河号上所有电子监控可以侦测出任何故障，而且反应比他还快。但根据人类与计算机一个世纪以来的互动经验，证明人类处理突发状况的能力还是略胜机器一筹。而所谓的突发状况迟早都会发生。

"我的咖啡呢？"张二副心里有点不爽。罗茜早就该送来了，她应该不会迟到才对。她是不是与其他科学人员和所有船员一样，受到过去二十四小时发生的不幸事件影响，而心情低落？

插入机第一次失败之后，舰上立即开了紧急会议，商议下一步该怎么办。现在还剩下一部，但那是预定降落在卡利斯托用的；不过在这里也许照样可以用。

"无论如何，"安德森博士说道，"已经有人去过卡利斯托了，那边除了各式各样的碎冰之外，什么也没有。"

没有人提出反对。于是在二十四小时的改装和测试之后，三号插入机循着上一部的同一路径，降到欧罗巴的云层里。

这次，宇宙飞船的记录器确实收到一些数据，但只历时半个毫秒。探测器上的加速度计（可测量到二万个G）在读数超过设定范围之前，传回一个短暂的脉冲，显示探测器在刹那间完全撞毁了。

这一次死得更惨；事发之后，宇宙飞船决定将这项消息回报地球，并且在获得进一步的指示之前，暂时在欧罗巴的高空轨道上等候，不急着前往卡利斯托及其他外围的卫星。

"抱歉来晚了，长官，"玫瑰说道，"我一定是定错了闹钟，睡过头了。"从她意为"玫瑰"的芳名中，你根本想象不出她的肤色比她端来的咖啡还要黑。

"幸好，"这位值夜官笑道，"这艘船不是你在开。"

"我无法想象居然有人可以独自开宇宙飞船，"玫瑰回答道，"看起来好复杂。"

"嗯，还好！没有表面上看起来那么复杂。"张二副说道，"难道你在受训时没有上过基本太空理论课程吗？"

"呃——有是有，但是我没听懂多少，什么轨道……以及其他有的没有的。"

张二副觉得谈这些太无聊了，因此想换个生动一点的话题。虽然罗茜不是他喜欢的类型，但看起来还挺漂亮的，趁机多搭讪几句也许有什么收获。他从没想过，或许罗茜端完咖啡后只想回去睡个觉。

二十分钟之后，张二副指了指领航操作台，很得意地做了个总结："所以你看，它几乎是全自动的。你只要敲进几个数字，其他的事宇宙飞船就会自己做了。"

罗茜一定是累了，她一直在看表。

"对不起，"张二副突然领悟过来，"我不应该耽误你睡觉。"

"哦，没关系——我很喜欢听。请继续讲。"

"不了！也许下次吧。晚安，罗茜——谢谢你的咖啡。"

"晚安，长官。"

三等服务员罗茜飘向开着的门，动作有点生疏。张二副听到了门关上的声音，但没有回头看。

几秒钟之后，他听到身后有个陌生女性在对他说话，简直吓呆了。

"张先生，不用按警报器了，它已经被切断。这是降落地点的坐标，将宇宙飞船降落在这里。"

他以为自己迷迷糊糊睡着了，在做噩梦，于是慢慢地将椅子回转过来。

刚才的那个玫瑰正在椭圆形舱口旁飘浮，手抓着门闩稳定自己。现在的她似乎已经完全变了一个人；只不过是一下子，他们的互动角色完全逆转。本来从来不敢正眼看他的羞怯女服务生现在以冷酷无情的眼光瞪着他，使他觉得自己像一只被蛇催眠的小白兔。她另一只手里握着的手枪虽然很小，但显然是致命的。张二副很清楚，即使没有那把枪，她仍然可以轻易取他性命。

不过，自尊心及专业素养告诉他，绝对不可不战而降。至少，他可以尽量拖时间。

"罗茜，"他说道，但这个名字突然变得很别扭，很难说出口，"你这是干吗？刚才我说的根本是夸大其词；我不可能一个人驾驶宇宙飞船着陆。光计算正确的轨道就要好几个小时，而且需要其他人的帮忙才行——至少有个副驾驶。"

枪仍然指着他。

"不要把我当傻瓜，张先生。这艘船没有能量的限制，不像老式的化学火箭。而且欧罗巴的逃离速度只有每秒三公里。你一定受过训练，知道主计算机死机时如何迫降；现在正是实际演练的好机会：迫降在我刚刚给你的坐标上的最佳时机将于五分钟后开始。"

"根据估计，"张二副全身开始冒汗，"这种形式的操作有百分之二十五的失败率。"其实，真正的失败率是百分之十；但在此情况下，他觉得有必要夸张一点，"况且，这是我多年前测试的数据。"

　　"既然如此，"玫瑰回答道，"我必须把你干掉，然后要求舰长找来一个比较行的人。真伤脑筋，这样的话我们将会错过这次时机，必须等待几个小时，才会遇到下一个时机。剩下四分钟。"

　　张二副知道自己被打败了，但至少他已经尽力。

　　"让我把坐标输进去。"他说。

27

多刺玫瑰

拉普拉斯舰长听到第一声轻微的敲击声就醒了过来；那是宇宙飞船的姿态控制喷气机发出来的，像一只啄木鸟在远处敲击树干的声音。刚开始他以为是在做梦；但是不对，宇宙飞船真的在回转！

也许是宇宙飞船的一侧温度太高，自动控制系统正在做某种小小的调整吧。这种事情偶尔会发生，并且是值勤官的疏忽所致，他应该早就注意到温度已经快到极限了。

他伸出手想按对讲机呼叫——呼叫谁呢？——对了，舰桥上的张先生。不过他什么也没按到。

好几天处于无重力环境之后，突然出现十分之一的重力，令他手足无措。他费了好几分钟的时间（其实只有几秒钟），好不容易才解开安全带，从床上挣扎着起来。这时他才看见按钮，开始死命地猛按。但没有任何回应。

毫无征兆出现的重力，使得未固定妥当的物品到处乱碰乱撞，他都无暇顾及。东西纷纷掉落好一阵子之后，唯一听到的异常声音就是隐约从远处传来的尖啸，那是驱动器功率全开的声音。

他扯开舱内小窗的窗帘，往外望着星空。他大略知道宇宙飞船的主轴应该朝哪个方向；虽然他的判断不是很准，误差达三四十度，但已经足以让他区别两种可能的状况。

银河号的主轴方向可以决定其轨道速度的增或减。它现在显然是在减速；也就是说，宇宙飞船正逐渐往欧罗巴掉落。

接着（舰长认为是大约一分钟之后），有人敲门，一直敲个不停。只见二副小克里斯和其他两位船员挤在狭窄的通道里。

"报告长官，舰桥被锁起来了，"小克里斯上气不接下气地说，"我们没办法进去——而且张二副没有响应。我们不知道发生了什么事。"

"我恐怕知道是怎么一回事，"拉普拉斯舰长回答道，"有个疯子早就蠢蠢欲动了。我们被劫持了，我知道被劫去哪里，但我不知道为什么被劫。"

他瞄了一下手表，并且迅速做了一下心算。

"以目前的推进力大小，我们将在十五分钟内脱离轨道；为安全起见，我们以十分钟计算。不管如何，我们可以在不损害宇宙飞船的情况下将驱动力关掉吗？"

负责工程问题的俞二副看起来很不高兴，吞吞吐吐地回答道："我们可以把电动泵的断电器关闭，切断燃料供应。"

"有人能到达那里吗？"

"应该可以——它们在三号甲板。"

"那我们赶快去。"

"呃……不过到时会有另一套独立的备用系统启动。为安全上的考虑，备用系统被密封在五号甲板的隔间里，必须用切割机才进得去——不行，时间上来不及了。"

拉普拉斯舰长一直担心的就是这个。当初设计宇宙飞船的专家为保护银河号，特别挖空心思，将所有可能的意外事故全都考虑到了；但对于人为破坏却没有任何对策。

"有没有其他办法？"

"有是有，但恐怕时间上都来不及。"

"那我们到舰桥上去，看看能不能跟张二副——还有跟他在一起的人，不管他是谁——谈谈。"

他心里一直纳闷：那个人会是谁呢？他绝不相信是正式船员中的一个。剩下来的话——嗯，答案应该呼之欲出了！他应该想象得到的。患有偏执狂的研究人员为证明自以为是的理论（实验不能满足他们），常常为追求知识而不顾一切……

舰上居然有个廉价连续剧里的疯狂科学家，想起来有够夸张；但事实似乎是如此。他在怀疑，是不是安德森博士想得诺贝尔奖想疯了而出此下策。

当上气不接下气的地质学家范德堡一脸狼狈跑过来时，他的猜测马上被否定。"怎么搞的，舰长——发生什么事了？我们的推进器正马力全开！我们究竟是要上还是要下？"

"下，"拉普拉斯舰长答道，"大约十分钟之后，我们将会下到一个与欧罗巴相撞的轨道上。不管现在是谁在驾驶，我希望他知道事情的严重性。"

他们来到舰桥，面对着紧闭的门。门后一片寂静。

拉普拉斯用尽全力敲门，差点没弄伤手关节。

"我是舰长，快开门！"

他觉得有点好笑，因为里面的人铁定不会理他；但他希望至少有点反应。出乎他的意料，居然真的有反应。

由舰桥向外的扩音器传出一个声音，说道："别轻举妄动，舰长。我有枪，现在张先生归我指挥。"

"那是谁啊？"一位高阶船员小声问道，"听起来像是女人的声音！"

"你说对了。"舰长面无表情地说道。这排除了劫匪是男人的可能性，但除此之外也没什么用处。

"你想干什么？你该知道你逃不掉的！"他尽量装出威严而非

乞怜的口气大吼。

"我们将在欧罗巴降落。假如你希望能再度起飞的话,就不要阻止我。"

"她的房间里空无一物。"二副小克里斯三十分钟之后赶来报告。此时银河号的推进力已经停止,并沿着椭圆形路径一直掉落,不久将会掠过欧罗巴的大气层。他们已经骑虎难下。虽然现在有可能令所有引擎瘫痪,但这无异于自杀。他们可能会再被要挟降落在欧罗巴上——这也是自杀,只是时间延后罢了。

"是罗茜!真令人难以置信!你认为她嗑药了吗?"

"没有,"小克里斯说道,"这是一场精心策划的阴谋。她一定在舰上的某处藏有无线电,我们要去搜查看看。"

"你说话的口气像个警察。"

"就这么办,各位。"舰长说道。火气显然消了不少,主要是因为一筹莫展,以及无法与被封锁的舰桥取得任何联系所产生的挫折感。他看了看表。

"距离进入大气层不到两小时——不管那里面有什么。我先回舱房,他们可能会打电话去那边找我。俞先生,请你在舰桥这里待命,一有什么新的状况就马上向我报告。"

他一辈子从未有过如此的无力感,不过有时候人没有选择,只能静观其变。当他离开高级船员休息室时,听到有人慨叹:"真想来一杯咖啡。罗茜煮的咖啡是我喝过最棒的。"

没错，舰长冷冷地想着，她确实有一套。只要是她想做的事，她一定会做得彻底。

28

对　话

在银河号上，大概只有一个人认为目前的状况不见得是件坏事。范德堡告诉自己，人皆有一死，但至少我可以在科学史上永存。这种想法虽然只是自我安慰，但比起舰上其他人，他显然没那么绝望。

银河号正向他朝思暮想的宙斯山飞去。在欧罗巴上，除了宙斯山，其他都不值一提。的确，在所有行星上，都没有任何东西可望其项背。

可见他的假设（他必须承认那还只是个假设）已经不是秘密了。这个秘密怎么会泄露出去呢？

私底下，他相信舅舅保罗，但他有可能在无意中讲出去。更可能的是，有人在偷窥他的计算机，而且已经不是一天两天了。如果真是这样，那舅舅就有危险了；范德堡不知道能不能，或该不该发个报警信给他。他知道通信官一直尝试以紧急备用发射器与盖尼米得联系；而且一具自动警示信号器已经停摆，因此宇宙飞船被劫的消息经历一小时左右的传递，现在应该抵达地球了。

有人轻轻敲着舱门。"请进，"他说道，"哦，你好！是小克里斯啊。有何贵干？"

二副小克里斯的造访让他有点意外，因为和其他同事相比，小克里斯并不算和他很熟。他心里悲观地想道，假如这次能平安降落，他们或许会有比想象中更多的机会互相认识。

"你好，博士。这附近，我只碰到了你，我想请你帮个忙。"

"这时候大家都是自身难保，我不知道还能帮别人什么忙。舰桥那边有没有最新消息？"

"没有。我刚从那边下来。我跟老俞及吉林斯把门上的麦克风修好了，但里面似乎没有人讲话。这也难怪——老张现在一定忙翻了。"

"他会载我们安全降落吗？"

"他是最棒的。假如有人做得到，那个人就非他莫属。降落比较容易，我比较担心的是怎样再升空。"

"天啊——我倒没想那么远。我以为升空不是问题。"

"很难说还能不能升得起来。不要忘了，这艘船是针对轨道操作设计的。我们从未想过降落在任何大型卫星上——但我们希望能造访小型卫星,如木卫十二阿南刻和木卫十一加尔尼。我们很可能被困在欧罗巴上;再加上,假如老张为了找到好的降落地点而浪费燃料的话,那铁定上不来了。"

"我们现在知道他要降落在哪里吗?"范德堡尽量装作若无其事地问道,以免引起他人的疑心。但这招显然没用,因为小克里斯正目光炯炯地瞪着他。

"现在还无法得知,但等到他开始刹车时,我们就比较容易猜了。你对这些卫星很熟,你认为会降落在哪里?"

"唯一有趣的地点是宙斯山。"

"为什么有人想降落在那里?"

范德堡耸了耸肩膀:"那也是我们一直想知道的事情之一,还害我们损失了两部价值不菲的插入机。"

"现在看起来,损失恐怕不只如此。你有何高见?"

"你说话的口气像个警察。"范德堡露出白白的牙齿,漫不经心地笑答。

"这就怪了——在刚才的一小时里,我居然被说了两遍像警察。"

舱里的气氛马上出现了微妙的变化,仿佛维生系统本身被重新调整过似的。

"啊!我只是开玩笑——你真的是警察吗?"

"是的话我也不会承认,对吧?"

这是没有答案的，范德堡心想；但他又仔细一想，觉得很可能有！

他仔细端详这位年轻的船员，发现——不是第一次发现了——他和那位知名的祖父长得很像。先前有人告诉他，小克里斯是在这趟任务之前才从钟氏舰队的另一艘宇宙飞船调到银河号来的——而且还语带讽刺地说，以他的"良好关系"，对银河号是有百利而无一弊。不过，小克里斯的能力是没话说的，他是位非常优秀的船员。以他的能力，可以轻松找到兼差的机会。罗茜也是一样——对啊！他现在才想起来，她也是在这趟任务之前临时加入银河号的。

罗尔福·范德堡发现自己已经卷入了一张庞大而且无形的星际阴谋网；身为一名科学家，他习惯为所有自然界的问题找到通常来说很直白的答案，因此他不喜欢目前的情况。

不过，他不能以无辜的受害者自居；他一直想隐瞒事实——至少是他以为的事实。现在这场阴谋的效应已经像连锁反应里的中子，不断地滋生出来，其结果恐怕同样不可收拾。

小克里斯究竟是哪一方的人马？还有，究竟有几方人马在角力？假如有关宙斯山的秘密已经泄露出去，联合党是绝不会缺席的。但联合党本身也有很多派别，有的派别并不赞成这么做；它就像间镶满镜子的大厅，令人眼花缭乱。

不过有一点他很确定。小克里斯虽然有某种"良好关系"，但应该是个可以信赖的人。范德堡心想，我愿意打赌他就是星际警察派来支援此趟任务的人员。此趟任务的成败关键，也许就是现在……

"我愿意帮你，小克里斯，"他慢条斯理地说道，"正如你心里怀疑的，我是有一些假设，不过这些假设可能只是无稽之谈——

"在半小时之内，真相即可大白。在那之前，我不想多说。"

他告诉自己，这不单是布尔人天生的固执性格使然；而是考虑到，假如他的假设是错的，他不愿意在大家同归于尽时，知道他就是罪魁祸首。

29

下　降

　　银河号成功地进入转移轨道之后，尽管一切顺利，让他安心不少，张二副的心里却不断为一件事挣扎。在未来的几个小时里，宇宙飞船将暂时由上帝接管，或者至少是由牛顿接管。除了最后的刹车及着陆动作之外，目前除了等待没有其他的事。

　　他曾经想过一个愚弄罗茜的计策，也就是在最靠近欧罗巴的地点将方位逆转，使宇宙飞船再度冲入太空，并回到一条稳定的轨道；到时候，也许盖尼米得上会有人来救他们。不过这项计策有一个基本问题：宇宙飞船获救时，他早就被干掉了。张二副虽然不是贪生怕死之辈，但也不愿意当太空烈士。

　　无论如何，他能不能再撑一个小时都成问题；他被要求即刻降落——单独一个人将一艘三千公吨的宇宙飞船降落在完全未知的领域。这项任务非常艰巨，即使在熟悉的月球上，他也不敢这么冒险。

"你几分钟以后开始刹车减速？"罗茜问道。这句问话毋宁是个命令。她显然具备基本的太空航行知识。张二副原先想愚弄她的计策，无论想得如何天花乱坠，恐怕是不可行了。

"五分钟，"他回答得有点犹豫，"我可以警告舰上其他人员做准备吗？"

"这个我来。麦克风给我……这里是舰桥。五分钟后开始减速。再说一遍，五分钟。完毕。"

这项信息在休息室里的科学家和船员耳里，完全是意料之中。他们有一点幸运，舰外的几部监视摄影机并没有关掉。也许罗茜忘了它们的存在，更可能的是她觉得不关掉也无所谓。因此这些求助无门的观众——其实应该算是被俘虏的观众——可以亲眼目睹这起攸关自身命运的事件如何发生的。

目前，裹在云层里的新月形欧罗巴正占满了后视摄影机的镜头。整颗星球的天空被凝固的水蒸气层层笼罩，找不到任何空隙。（水蒸气凝固之后，会掉往星球的永夜面上。）不过这无所谓，因为除了着陆前的最后一刻，宇宙飞船都是用雷达控制的。不过对于只能靠可见光观看的人而言，心里的焦虑可想而知。

在这群观众里，有一个人花了将近十年的时间研究这颗星球而一直毫无进展；此时，他比其他任何人更聚精会神地盯着那逐渐逼近的影像。范德堡坐在低重力环境专用的轻薄椅子上，安全带微微地绑着。他几乎没有感觉到刹车开始时所产生的重力。

五秒钟之后，推进力达到最大。每个人都在自己的计算机上飞快地计算着。由于无法接近导航操作台，这些计算过程有很多都是瞎猜的，因此拉普拉斯舰长只好耐心等待一个共识出现。

"十一分钟，"他不久后宣布，"假设他不降低推进力的大小——目前为最大值，而且假设目前的飞行高度是十公里——恰好在大气层上方，然后直线下降，那还需要五分钟。"

不用他特别强调，那五分钟的最后一刹那是最关键的时刻。

欧罗巴似乎不坚持到最后一刻不吐露秘密。当银河号关掉动力，翱翔在云层上方时，仍然看不见下方的陆地或海洋。接下来的几秒钟，屏幕上变成了一片空白——除了稍微看到已放下的、几乎没用过的起落架之外，大家心里只有干着急。几分钟前，起落架放下的声音在乘客之间经引起了一阵小小的骚动，现在他们只希望它还能用。

这讨厌的云层到底有多厚呢？范德堡问自己，一直延伸到地面吗？

不，它开始越来越稀薄，一丝一缕地逐渐稀薄——接着，欧罗巴的新天地在下方逐渐浮现，看起来似乎只有数千米远。

它确实是片新天地，即使不是地质学家也看得出来。四十亿年前，地球刚诞生的时候，可能就是这个样子，陆地与海洋正在准备做长期的斗争。

直到五十年前，欧罗巴上既无陆地也无海洋，只有冰。但是现在，面向太阳的半球上，冰已经融化；融化后的水蒸发，升起之后凝固，最后堆积在酷寒的永夜面上。就这样，数十亿吨的液体从一边半球移到另一半球，露出古老的海床；即使是远处传来的微弱阳光，也不知道有这些海床的存在。

将来有一天，这些扭曲的地形可能会被一层植物覆盖，变得更柔和、更温驯；但现在只能看见单调的熔岩流与缓缓冒着蒸汽的泥浆浅滩，其间点缀着高耸的岩石，倾斜的岩层结构清晰可见。很显然，这里的板块活动非常激烈；因此，假如有一座像珠穆朗玛峰那么高的山冒出来，也不是什么奇怪的事。

它就在那里——耸立在近得不自然的地平线后方。范德堡顿时感觉胸口一阵紧缩，颈后的肌肉一阵刺痛。他终于看到这座魂牵梦系的山了，不是透过冷冰冰的仪器，而是亲眼目睹。

正如他已知的，它大致上是个四面体的形状，但有点倾斜，因此其中有一面是直立的。（即使是在这么小的重力环境，这对登山者是个绝佳的挑战，尤其是这座山特别硬，套索钉根本敲不进去……）山顶隐藏在云层里，其他看得见的平缓表面大部分被雪覆盖着。

"所有麻烦都是它惹起的？"有人没好气地嘟哝着，"在我看来没什么嘛！一座普通的山而已。我猜，只要看过一次……"他的话被一阵愤怒的嘘声打断。

银河号现在正往宙斯山方向飞去，张二副小心翼翼地寻找适当的降落地点。这艘宇宙飞船不太能够做侧向控制，百分之九十的主推进力都是用来飞行。目前所剩的燃料只够再飞五分钟左右。之后，他仍然可以安全着地，但不可能再起飞。

大约在一百年前，阿姆斯特朗也曾经遇到相同的难题；但当时在驾驶时，并没有一把手枪抵着他的头。

不过在最后的几分钟，张二副全然忘记了手枪和罗茜；他的全副精神都集中于面前的事情。他俨然是整艘宇宙飞船的一部分；他如果还有人类情感的话，那不是恐惧而是兴奋。他以往所受的训练都是要做这种事，但一直都没有机会发挥，现在却阴错阳差地变成他职业生涯的巅峰——虽然有可能也是他职业生涯的句点。

事情就这样进行下去。现在他们距离山脚下不到一公里，但他仍然找不到降落地点。这里的地形实在有够崎岖，峡谷纵横，巨石林立。他连一块网球场大小的平地都找不到；而燃料表的红线指出，燃料只剩下三十秒钟的用量。

啊，那里！终于找到一块平地，他所见过的最平的一块。在时间紧迫的情况下，这是最后的机会。

他谨慎地将这艘笨重的宇宙飞船像表演特技般地驶过去。那块平地似乎被雪覆盖着——没错，但暴风不停地将雪刮走。问题是，雪的下面是什么呢？看起来应该是冰；这一定是个冰冻的湖泊。但冰有多厚呢？够厚吗？

银河号的巨大喷气像只五百吨的重锤，打在那不怀好意的表面上；一个辐射状的图案立即往四面八方迅速扩展。冰碎裂开，然后新的冰层开始在上面形成。宇宙飞船狂暴的喷气喷在突然暴露的湖面时，沸腾的水形成一阵阵同心圆波，向外急速扩散。

张二副是名训练有素的船员，遇到这种情况立即毫不思索地做出自然反应：他的左手打开安全锁把，右手抓住里面的红杆，将它拉开。

银河号启航以来，这个用于着陆失败的装置一直没被用过；现在，它终于发挥功能，将宇宙飞船拉起来，重新冲回太空中了。

30

着　陆

　　在舰上休息室里，高级船员眼见预定着陆地点崩塌，并且知道只有一个办法才能死里逃生，个个惊吓万分；在千钧一发之际，当他们感觉到推进力突然全开时，无疑是宣告暂时免死。现在张二副已经将局面稳定下来，大家不由得大大地松了一口气。

　　但没有人敢去想他们还能继续飞多久。只有张二副知道宇宙飞船的燃料是否足够抵达一条稳定的轨道。而且即使可以，拉普拉斯舰长不乐观地想道，那个拿着枪的狂徒很可能命令张二副再度降落。他从来就不相信她真的是个疯子，她很清楚自己在做什么。

　　忽然，推进力改变了。

　　"四号引擎刚刚关闭了，"一位舰上工程师说道，"我不感到惊讶——它可能过热了。以全速开这么久，它受不了了。"

当然，此时并未产生方向变化的感觉。推进力的减小是在宇宙飞船的轴向，但监控屏幕上的影像却突然倾斜得很厉害。银河号显然仍然在上升，但不再垂直向上，而是像一颗弹道飞弹，正瞄准欧罗巴上某一未知目标飞去。

推进力再度突然减弱。在监控屏幕上，地平线又恢复水平状态。

"他把对面的引擎关掉了，这是将宇宙飞船横翻刹车的唯一方法。不过他能保持高度吗？好家伙！"

正在观看屏幕的科学家都看不出这哪里好了。屏幕上的影像完全消失，被一片耀眼的白雾遮蔽。

"他正丢弃多余的燃料，以减轻宇宙飞船的重量……"

推进力逐渐降为零，宇宙飞船变成自由落体。几秒钟之后，它通过一大片冰晶云，这是刚才丢弃的燃料在真空中爆开时所形成的。在它的正下方，欧罗巴的中央海洋正以八分之一—G的加速度缓缓地逼近。好歹张二副不用再费心选择降落地点。从现在开始，只剩下标准操作程序，完全驾轻就熟，就像地球上千千万万从未上过太空，未来也没有机会上太空的人玩电子游戏一般。

现在要做的是使推进力与重力维持平衡，让宇宙飞船着陆刹那的速度恰好等于零。些微的误差是被允许的，但即使在水面降落，误差容许范围还是不大。初期的美国宇航员都选择在水面降落，但现在张二副则是因为别无选择。假如在努力了几个小时之后功亏一篑，几乎没有人有机会骂他，也不会有电脑对他说："对不起，你坠毁了。是否重来？回答：是／否……"

舰桥的门仍然锁着。俞二副和两个手下拿着临时充数的武器在门外待命；他们的任务可能是最艰苦的。他们没有监控可看，不晓得事情进行得如何，所有的消息都必须由休息室那边提供。从监听麦克风里也听不到什么，这并不奇怪，因为张二副与罗茜根本没时间交谈，也没有必要交谈。

降落过程非常漂亮，几乎没有颠簸的感觉。银河号先下沉了几米，然后蹦出来，垂直地浮在水面上。多亏引擎的重量，让宇宙飞船保持了直立的姿态。

接着，从监听麦克风里首度传出有意义的声音。

"你这个疯子，罗茜，"张二副说道，声音里疲惫多于愤怒，"这下你满意了吧？你害死我们了。"

突然一声枪响，然后寂静无声。

俞二副和两位手下耐心地等着，知道有什么事要发生了。首先，他们听到里面有人将门闩拉开，于是握紧手里的扳手和金属棒。她虽然有枪，但最多只能撂倒一个人，不可能全部解决。

门缓缓地打开。

"抱歉，"张二副说道，"我刚才一定是暂时晕过去了。"

然后，像所有人的正常反应，他又晕过去了。

31

加利利海

我永远搞不懂，为什么有人会去当医生？拉普拉斯舰长告诉自己。同样的，为什么有人会去从事殡葬业？他们的工作好恶心……

"嗯，你有没有发现什么？"

"没有，舰长。主要是我没有适当的设备可用。也许有一些必须用显微镜才找得到的植入芯片——听说是这个样子。不过它们的发射距离都很短。"

"也许是经过暗藏在舰上的发射器转接出去的，小克里斯曾经建议彻底搜查一遍。你负责采指纹以及……还有其他的鉴识工作吗？"

"有——等跟盖尼米得联系后，我们将尽快进行，包括撰写她的鉴识报告。不过我很怀疑我们能否搞清楚罗茜是谁，或者她为谁工作，甚至是她为什么要这么做。"

"至少她还有点人性，"拉普拉斯有感而发，"当张二副拉起'着陆失败'的控制杆时，她就知道大势已去了。当时她大可杀了他，而不是让他降落。"

"我倒觉得当时大家同归于尽也不坏。让我告诉你一件不妙的事，那是我和简勤思将她的尸体从废弃物排出口排出去时发生的。"

这位医生噘起嘴唇，脸上一副厌恶的表情。

"你这么做当然是没错，因为也只有这个办法了。对了，当时我们并未在尸体上绑重物，因此它在水面上漂浮了好几分钟。我们正在看它是否会漂离宇宙飞船远一点，突然间——"

医生犹豫着，欲言又止。

"然后怎样? 快说啊! "

"有个东西从水里冒了出来，形状像鹦鹉的喙，但有一百倍大。它将罗茜一口咬住，然后消失无踪。我们附近显然有些可怕的东西，因此，即使外头可以呼吸，我也不建议去游泳……"

"舰桥呼叫舰长，"当值的船员说道，"水里有巨大骚动。第三号摄影机——我把镜头转给你。"

"那就是我刚才看到的东西! "医生大叫道。他心里不由得产生一个可怕的预感，使他突然背脊发凉: 搞不好它会食髓知味，再回来找吃的。

说时迟那时快，一只庞然大物破水而出。瞬间，整个恶魔似的形体悬在空气与水面之间。

当熟悉的东西摆在错误的位置时，其震撼的效果与陌生的东西殊无二致。舰长和医生不约而同地冲口而出："是只鲨鱼！"

在巨鲨掉回海里之前，他们刚好有足够的时间辨识出它与鲨鱼之间的些微差异。除了那只巨大的鹦鹉喙之外，它还比一般鲨鱼多一对鳍，而且显然没有鳃。它也没有眼睛，但在喙的两侧各有一个奇怪的凸起，可能是某种感觉器官。

"这就是所谓的'趋同演化'，"医生说道，"相同的问题导致相同的解决办法，在任何行星上都一样。以地球为例，无论是鲨鱼、海豚、鱼龙，所有的海洋掠食动物都有相同的基本设计。不过那只喙……我还是搞不懂。"

"它现在想干吗？"

那只动物再度浮出水面，但这次动作很慢，好像刚才的一跃把它累坏了。事实上，它似乎遇到麻烦了——甚至显得很痛苦。它不断以尾巴拍打水面，而没有明确的前进方向。

突然，它把刚刚吃下的东西统统吐了出来，肚皮上翻，无精打采地在涌浪中载沉载浮。

"噢，上帝啊！"舰长感到恶心地小声说道，"我想我知道是怎么一回事了。"

"正是所谓的'外星生化反应'，"医生虽然被眼前的景象吓呆了，但仍然说道，"罗茜总算杀死一只生物了。"

不用说，加利利海是为纪念欧罗巴的发现者伽利略而命名的；而伽利略这个名字又是由地球上一片很小的海而来。

加利利海相当年轻，年龄不到五十岁；和所有新生儿一样，它也很喜欢胡闹。尽管欧罗巴的大气相当稀薄，不足以产生真正的飓风，但仍然有一股固定的风，由四周的陆地不停地吹向热带地区，也就是太隗固定在正上方的地区。这里永远都是正午，海水不断蒸发。由于气压很低，所以水的沸点也很低，想泡一杯好咖啡恐怕很难。

幸好，银河号降落的地点距离这片充满氤氲和乱流的地区（刚好在太隗的正下方）有一千公里远，是片相对平静的海域，距离最近的陆地不到一百公里。若以全速前进，不到一秒钟就可抵达。但现在，它只能在欧罗巴浓云密布的天空下漂浮；对它来说，陆地似乎比最远的类星体还要远。更糟的是，从陆地不断吹来的风一直将它推离岸边。即使它可以想办法在这新天地的某片海滩上登陆，登陆后的遭遇恐怕不会比现在好多少。

话虽这么说，但还是登陆比较舒适。宇宙飞船虽然不会漏水，但仍不适合泡在海里。银河号以垂直姿势漂浮，随着波浪上下摆荡。虽然摆荡得很温和，但是蛮令人困扰的，几乎有半数的船员都晕船了。

在听完损害报告后，拉普拉斯舰长的第一个动作是征求具有驾船经验的人员，驾驶过任何形状或大小的船只都可以。舰上有三十位航天工程师和太空科学家，要找出几位擅长航海的人应该不难。他立即锁定五位业余船员，还有一位专业船员——事务长弗兰克·李，他刚起家时曾在钟氏海运任职，然后才转到宇宙飞船上。

虽然事务长的基本职务是操作会计机器（弗兰克·李最常用的是一副两百年历史的象牙算盘），而不是导航仪器，但他们仍须通过基本航海知识的考试。弗兰克·李从来没有机会展露其航海技术；现在，在距离南海十亿公里的地方，他首度可以大显身手。

"我们应该把燃料槽灌满水，"他告诉舰长，"这样可以降低舰身，让它不上下摆荡得这么厉害。"

让水进入舰里似乎是个馊主意，舰长迟疑不决。

"假如搁浅怎么办？"

答案很明显："那又有什么差别？"但没有人说出口。不必经过严格讨论，船员们就一口咬定在陆地上比较好——如果有可能登上陆地的话。

"我们随时可以再将燃料槽充气。其实，一旦我们抵达岸边，还是得这么做，让宇宙飞船保持水平姿势。谢天谢地，我们还有能量……"

他的声音越来越低。每个人都知道他的意思。如果没有那套驱动维生系统的辅助反应器，他们在几个小时后都会没命。目前的情况是，即使没发生任何故障，宇宙飞船能撑多久恐怕都是个未知数。

当然，到时候他们都要挨饿；他们刚刚戏剧性地发现，在欧罗巴的海洋里没有维生物质，只有毒性物质。

不过，至少他们已经联络上盖尼米得，因此所有人类都已经知道他们的遭遇。全太阳系最聪明的一批人现在都在想尽办法营救他们。假如营救不成，银河号上所有乘客和船员都将在众目睽睽之下光荣牺牲。

IV

在水塘边

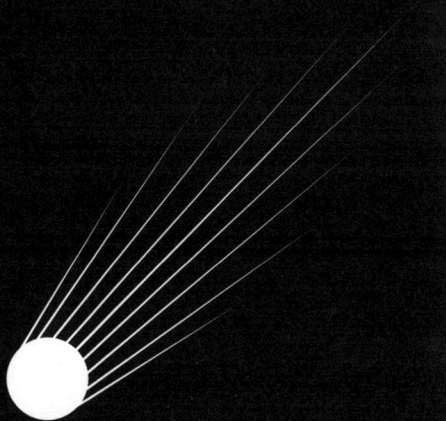

32

转　向

　　"最新消息，"史密斯舰长向全体人员宣布，"银河号目前呈漂浮状态，情况良好。一位舰上人员——女服务生——已经死亡，不清楚详细情形，但其他的人员都安然无恙。

　　"该船所有系统都正常运作。虽然有些漏洞，但都在控制中。根据拉普拉斯舰长的说法，目前没有急迫的危险，但不断吹拂的风将他们吹往永昼面的中央地带，离陆地越来越远。不过这不是个严重的问题，几乎可以确定他们会先遇到一些大岛。现在他们离最近的岛屿约有九十公里。他们已经看到一些大型的海洋动物，表面上看起来无害。

　　"假如没有意外，他们应该可以撑几个月，直到断粮为止——目前已经实施严格的配给制度。根据拉普拉斯舰长的说法，人员士气仍然相当高昂。

"目前我们的情况是这样。如果我们即刻返回地球，经过整补之后，可以在八十五天之内抵达欧罗巴的降落轨道上。宇宙号是现在唯一可以在那边降落然后载物起飞的宇宙飞船。盖尼米得上的航天飞机也许可以担任空投物资的工作，但也仅止于此——当然，这些物资可以让他们活得久一点。

"各位女士、先生，很抱歉，此次旅游行程恐怕要缩水了；但我想各位应该同意，原先答应让你们看的都看过了。而且我相信，你们会赞成这个新任务——虽然，坦白说，成功的概率非常小。简报到此结束。弗洛伊德博士，可不可以借一步说话？"

所有其他的人都心事重重地纷纷飘离休息室，以往在这里所做的简报很少像这次这么沉重。舰长的眼睛迅速扫过写字板上的一大堆信息；在许多场合，印在纸张上的文字仍然是最方便的沟通工具，但在这里仍可看到科技的影响力。舰长正在阅读的纸张，是用可以无数次重复使用的材料做成的，这大大减轻了纸篓的负荷量。

"弗洛伊德，"他不像刚才那么拘礼，说道，"你可以猜想得到，目前通信电路几乎被塞爆了，其中有很多事情我没办法了解。"

"史密斯，"弗洛伊德回答道，"有没有小克里斯的消息？"

"还没有，但盖尼米得那边已经把你的信息转过去，他现在应该收到了。你知道的，私人通信有一定的优先次序——当然，你的名字被排在最前面。"

"谢谢你，舰长。有什么可以效劳的？"

"也没什么——有的话我会告诉你。"

这可说是他俩在未来相当长的时间内最后一次的谈话。几个小时之后，弗洛伊德将被称为"疯狂的老傻瓜"，而且宇宙号上将发生一次短命的叛乱事件——由舰长主导。

事实上，这件事不是弗洛伊德的主意，他只希望它是……

绰号"星宿"的二副罗伊·乔森是位导航官，弗洛伊德还不太认识他，除了偶尔见面时说声"早安"之外，没什么来往。因此，当这位导航官羞怯地敲他的舱门时，弗洛伊德感到相当意外。

这位导航官带着一叠航图，似乎有点局促不安。这倒不是出于对弗洛伊德的敬畏——舰上每个人都已经习惯他的存在了——因此必定另有隐情。

"弗洛伊德博士，"他开口说话，语气非常急切，像一位推销员，仿佛其未来成败尽在此一举，"我需要你的建议……和协助。"

"没问题——你要我做什么？"

乔森打开航图，上面画的是太隗轨道内所有行星的位置。

"当年你将列昂诺夫号和发现号连接在一起，在木星爆炸之前逃离，这件事给了我一个灵感。"

"那不是我的主意，是库努想出来的。"

"哦——我才知道。当然，现在我们没有另一艘宇宙飞船可以提供动力，但我们有更好的东西。"

"你指的是什么？"弗洛伊德问道，一时还摸不着头脑。

"请不要笑我。我们为什么还要赶回地球补充燃料呢？就在几百米外的地方，老实泉每秒钟就会喷出好几吨的水。假如取用这些水，我们就可以在三个星期内抵达欧罗巴，而不必花上三个月的时间。"

这个观念虽然大胆，但简单明了。弗洛伊德一时僵住了。他可以马上提出半打的反对意见，但每个意见都不具决定性。

"舰长的意思呢？"

"我还没向他报告，这也是我请你帮忙的原因。我希望你帮我检验这些计算数据，然后再把这个观念转告他。要是我去的话，他一定当场否决，这点我很确定。当然我不会怪他。要我是舰长的话，我想我也会……"

舱房里沉默了许久，然后弗洛伊德缓缓说道："我先告诉你所有不可行的理由，然后你再告诉我，我错在了哪里。"

二副乔森很了解他的指挥官，史密斯舰长从来没听过这么疯狂的建议……

他提出许多反对意见，都是有凭有据的，丝毫没有"你少给我出馊主意"的味道。

"哦！理论上是行得通，"他承认，"但请想想看实际上的诸多问题，老兄！你如何将那东西装进燃料槽里？"

"我跟工程师谈过了。我们可以将宇宙飞船移到坑洞的边缘，五十米范围内都很安全。我们可以把舰上没用的管线拆下来，然后伸到老实泉里，等待它喷发；你知道，它很准时，而且不凶悍。"

"但是在几乎真空的环境下，水泵无法操作！"

"我们不需要水泵，只要靠间歇泉本身的喷出速度，每秒钟至少就有一百公斤的进账。老实泉会帮我们全部搞定。"

"它给的是冰晶和蒸汽，不是液态水。"

"只要上舰，自然会凝成液态。"

"你真的是有备而来，对吧？"舰长语带夸奖地说道，"但我还是无法苟同。比如说，这水的纯度够吗？有没有污染物质在里面？尤其是碳粒子。"

弗洛伊德不由得微笑起来。史密斯舰长对煤灰太敏感了。

"大的颗粒可以滤掉，其他的对反应作用没有影响。哦！还有——这里的氢同位素比值比地球上的更好，可以增加一些额外的推进力。"

"你那些同事对这项提议有什么意见？假如我们直接前往太

隗的话，他们返家的时间可能要延后好几个月……"

"我还没跟他们谈过，但人命关天，慢几个月返家应该不算什么。我们可以比预定早七十天抵达银河号！七十天！在欧罗巴上，七十天可能发生很多事！"

"我完全了解时间的重要性，"舰长厉声道，"我们也有时间的压力啊。多了这一趟行程，我们的存粮恐怕不够。"

他只是在找碴儿罢了，弗洛伊德心想，而且他也知道我已看穿他，所以，说话最好婉转一点……

"多几个星期也不行吗？我不相信存粮有那么紧。况且，这一阵子我们吃得太好了。假如能暂时缩减一点配额，对某些人可能更好呢。"

舰长皮笑肉不笑地说道："你去跟威利斯和米凯洛维奇说说看。不过我还是认为这项计划完全不可行。"

"至少我们可以向老板提议试试。我想跟劳伦斯爵士谈谈。"

"老实说，我没办法阻止你，"史密斯舰长口是心非地说道，其实他心里很想阻止，"而且答案如何，不问便知。"

但这次他错了，错得离谱。

钟劳伦斯爵士已经三十年没有赌博了，这是为了维持他在商场上的高贵形象。其实在年轻时代，他经常在香港跑马场里试试手气。（后来，标榜禁欲主义的政府以维护社会善良风气为理由，将跑马场关了。）劳伦斯爵士心里常想，人生就是这样——能赌的时候没钱，有钱的时候不能赌。他现在是世界首富，必须顾及形象。

不过，没有人比他更清楚，他的整个事业生涯就是一场永无止境的豪赌。为尽可能掌控胜算，他搜集最好的信息，根据自己的预感判断哪些人会提供最佳的建议，然后听取他们的意见。当他发现这些东西有问题时，经常都会及时警觉，全身而退；但这里面总有风险的因素在。

此时，他看完弗洛伊德的便笺之后，遗忘已久的往事又回到脑际；他仿佛又感觉到跑马场里的马儿轰然跑过弯道，冲向终点的那份刺激。眼前也是一项赌注——也许是这辈子最后一次——但他不敢向董事会报告，更不敢让贾丝明夫人知道。

"威廉，"他说道，"你认为如何？"

他儿子（稳重有余，但冲劲不足，也许他这一代已经不需要冲劲了吧）的回答恰合他的心意。

"理论上绝对站得住脚。宇宙号一定做得到——根据书面资料判断。我们已经折损了一艘宇宙飞船，尽管有风险，另一艘绝不能坐视不管。"

"无论如何，它一定得去木星——就是现在的太隗。"

"是！不过先要在地球轨道上做好测试工作。而且，你是否知道这次直奔太隗的任务还意味着什么？它会粉碎以往所有的速度纪录：在回转的时候，宇宙号的速度将超过每秒钟一千公里！"

这句话正中老爸劳伦斯爵士下怀，他仿佛又听到如雷的马蹄声。

不过劳伦斯爵士只是淡淡地说："我绝不会为了做什么测试而让他们遭遇危险，史密斯舰长也抵死不从，甚至以辞职相逼。同时请探听一下罗氏保险公司方面的态度，我们可能必须在银河号的索赔上稍做让步。"

尤其是——他也许应该加一句——假如我们要将宇宙号当作更大的筹码下注的话。

现在他只担心史密斯舰长。拉普拉斯目前被困在欧罗巴上，史密斯是他现有的最佳指挥官。

33

加 油

"自从出校门，我从没见过这么因陋就简的工作，"主任工程师喃喃自语道，"不过目前我们只能做到这样。"

临时拼凑的管线跨越一堆闪闪发光、覆盖着化学物质的岩石，伸展了五十米，抵达目前呈静止状态的老实泉喷口，然后接上一只开口朝下的方形漏斗。此时太阳刚刚升上山丘，贮存于间歇泉地底（应该称为"哈雷之底"吧）的东西首度感受到温度，开始蠢蠢欲动，地面也开始微微颤动起来。

弗洛伊德从观察室往外望，心里简直不敢相信，在过去短短的二十四小时中，竟然发生了这么多事。首先，舰上分成了壁垒分明的两派：一派以舰长为首，另一派则是拱他为首。两派人马相敬如宾，不曾大打出手。但他发现在某些场合里，他被冠上"自杀老弗"的绰号，使他啼笑皆非。

不过，没有人说得出"弗洛伊德-乔森行动"基本上有什么不对。（这个名称也不甚妥当。他坚持这都是乔森一个人的功劳，但没人相信。米凯洛维奇还说："你是不想一起挨骂是吧？"）

第一次测试将于二十分钟后展开，到时老实泉将要迎接迟来的晨曦。但是，即使测试成功，燃料槽开始装进亮晶晶的纯水，而不是史密斯舰长所说的泥浆，前往欧罗巴之途仍然是八字还没一撇呢。

其中有一项小小的因素，就是舰上几位贵宾的意愿。这项因素虽小，却不能等闲视之。他们本来预定两个星期以内即可返家。但现在，他们必须面对一项横越半个太阳系的危险任务，这不但出乎他们意料，还让他们有些惊慌失措。而且，即使任务成功，他们返回地球的日期也是个未知数。

威利斯开始抓狂，他的时间表完全被打乱了。他四处游走，口里念念有词说要告人，但没有人对他表示一丝同情。

相反，葛林堡则是乐不可支，他总算可以再度参与太空事务了！米凯洛维奇也很高兴，他大部分时间都待在自己的舱房里作曲。舱房的隔音效果很差，根本没办法阻挡作曲时发出的噪音。他很确定，这项行程改变可以启发灵感，将他的创作能力提升到新的境界。

玛吉·M比较像哲学家。"假如这可以拯救许多条命，"她一边盯着威利斯，一边说道，"为什么有人要反对？"

至于伊娃·美琳，弗洛伊德特别花了一番工夫向她解释，她似乎表示完全理解。不过出乎他的意料，伊娃竟然问了个别人从未想过的问题："假如欧星人不让我们降落，即使营救朋友也不行，那该怎么办？"

弗洛伊德一时目瞪口呆。直到现在，他仍然很难接受她是个凡人，也不知道她何时会说出聪明绝顶或愚不可及的话来。

"这是个好问题，伊娃。相信我，我正在研究。"

他说的是实话。他不可能对伊娃说谎。在他心目中，那是亵渎的行为。

第一阵蒸汽在间歇泉的洞口出现，直直地往上升。在真空中，它们的轨迹看起来很不自然，并且马上被炽热的阳光蒸发掉了。

老实泉再咳了一下，清了清喉咙。接着，一束雪白的冰晶和水雾混合体看起来出乎意料的浓密，迅速冲上天空。根据地球上的经验，它应该会倒塌下来，但事实上没有。它不断上升，只有一点点散开，最后融入彗星巨大发亮的彗发里。弗洛伊德注意到，当流体冲入管线时，管线开始产生震动，这使他很满意。

十分钟之后，舰桥上有场战情会议。史密斯舰长怒气未消，看到弗洛伊德时只冷冷地点了个头。他的二号副手有点尴尬地说明目前情况。

"嗯，确实可行，而且出乎意料的顺利。以目前的速率，二十小时内即可装满燃料槽——不过，也许我们必须出去，把管子固定一下。"

"杂质怎么办？"有人问道。

二副拿出一个透明的球形容器，里面装有无色的液体。

"过滤器已经把数微米以上的杂质统统除去了。为了安全起见，我们将它在燃料槽之间来回过滤了两次。在经过火星之前，我们恐怕不能在水里游泳啰。"

最后一句话引来一阵笑声。嗯，好久没听到笑声了，舰长的表情也略见缓和。

"先将引擎的推进力开到最小，看看使用哈雷的H_2O会不会有操作上的异常现象。假如有问题的话，我们就放弃整个方案，即刻回头取用月球上阿利斯塔克基地的水。"

大伙鸦雀无声，似乎不约而同地等待某个人先开口（这就是所谓的"共同沉默"）。于是，史密斯舰长只好打破这个尴尬的场面。

"我想大家都知道，"他说，"我对这整个方案很不爽。事实上……"他突然话锋一转。大家也都知道，他已经考虑向劳伦斯爵士提出辞呈，虽然在目前的情况下，这种姿态意义不大。

"但在过去几个小时里发生了几件事情。老板已经批准了这个方案，条件是我们的各项测试都没出现基本问题。而且出乎意料的是——其中缘由我知道的不比你们多——世界太空会议不但批准了方案，还要求我们立即更改行程，所需费用由他们负担。我真的搞不懂。

"不过我仍然担心一件事……"他以怀疑的眼光看着那一小瓶水，弗洛伊德正拿在手里，有时就着光线端详，有时轻轻摇晃，"我是个工程师，不是什么化学家。这玩意儿看起来很干净，但不知对燃料槽内壁会有什么伤害？"

弗洛伊德永远搞不清楚自己为什么要这么做，他平时不会这么鲁莽的。或许是因为他对这些无谓的争辩感到不耐烦，希望赶快付诸行动；或许是他觉得必须给舰长来个当头棒喝。

说时迟那时快，他打开水瓶的盖子，然后将大约20CC的哈雷彗星水一咕噜喝了下去。

"这就是你要的答案，舰长。"他完全吞下之后说道。

半个小时之后，舰上的医生告诉他："我从没见过这么愚蠢的表演。难道你不知道那里面有氰化物和氰吗？天知道里面还有什么乱七八糟的东西！"

"我当然知道。"弗洛伊德笑道，"我看过分析报告，含量只有百万分之几而已。没什么好担心的！不过确实有意想不到的后遗症。"他有点悔不当初地说道。

"什么事?"

"假如你将这玩意儿运回地球，可以用'哈雷专利泻药'的名义卖钱，趁机大捞一笔!"

34

洗　车

　　既然已经接下任务，宇宙号上的气氛立刻为之一变。没有人再为此事争吵。大家都同心协力全力以赴，在未来彗核自转两圈的时间内（约合地球时间一百小时），几乎所有人都会睡眠不足。

　　第一个哈雷日主要的工作是继续小心翼翼地从老实泉汲水。到傍晚时分，当间歇泉的活动稍歇时，汲水的动作已经相当熟练了。一千公吨以上的水已经上舰，再经过一个白天即可将燃料槽完全装满。

　　弗洛伊德尽量不去惹舰长，以免触霉头。其实，史密斯有一大堆事情要处理，但不包括新轨道的计算，这些计算都得经过地球方面一而再、再而三的查核。

　　从现在看来，这项方案无疑是正确的，而且效益比乔森原先估计的更大。在哈雷上补充燃料，可以使宇宙号避免回地球时两次的轨道转换。现在它可以以最大加速度直接飞往目的地，节省好几个星期的时间。虽然有些冒险，但现在大家都赞誉这个方案。

呃，并不是每个人。

在地球上立即有人组织了一个名叫"放哈雷一马"的团体，表达不满。它的成员（只有两百三十六人，但擅长鼓动大众）认为取用天体物质是非法的，即使是为了救人也不行。虽然有人指出，宇宙号取用的是彗星排放的东西，反正是要丢弃的，但他们仍不罢休。他们说，这是原则问题。他们的愤怒声明倒让宇宙号上的人松了一口气。

行事一向谨慎的史密斯舰长首先以低功率测试了一具姿势控制推进器。万一搞坏了，宇宙飞船仍然可以正常运作。结果没有任何异常现象出现，引擎运转良好，情况与使用月球开采来的顶级蒸馏水没什么两样。

接着，他测试了第一号中央主引擎。假如搞坏了，宇宙飞船仍然可以行动，只是推进力会稍微降低。在此情况下，宇宙飞船完全可以控制，但剩下的四台引擎所发挥的最大加速度会下降百分之二十。

结果也没问题，当初心存怀疑的人开始对弗洛伊德刮目相看，而二副乔森也不再没人搭理。

宇宙飞船的起飞定在下午稍晚，也就是老实泉停止喷发的时候。（弗洛伊德心想，七十六年后，下一批访客到来时，它还会在吗？也许吧。即使在1910年的照片中，也早已能看到它的踪影。）

不像早期在卡纳维拉尔角的戏剧化做法，这次的起飞并没有倒计时这一套。当一切准备就绪，史密斯舰长感到满意之后，第一号引擎发出小小的五吨推进力，于是宇宙号慢慢地上飘，逐渐离开了彗星的核心。

宇宙飞船的加速度不是很大，产生的烟火却相当壮观，出乎所有观察者意料。在这之前，从主引擎喷出的气体几乎都看不见，因为那完全是由高度游离的氢和氧所构成。即使在几百公里之外，这些气体已经冷却下来，可以开始产生化学反应了，还是无法用肉眼看见，因为这种化学反应不会产生可见光。

但现在，宇宙号仿佛位于一根炽热光柱的顶端，往上爬升，逐渐远离哈雷。这根光柱非常耀眼，眼睛无法直视，而且看起来好像是根固态的火柱。在火柱触及的地面上，岩石纷纷爆裂，向上、向外飞散。宇宙号在临走时就这样留下了永恒的印记，像一幅宇宙的涂鸦之作，烙在哈雷的彗核里。

大多数乘客以前都没见过宇宙飞船爬升时居然有火柱支撑，大感惊讶。弗洛伊德则静待有人习惯性地提出解释。他有个小小的乐趣，就是喜欢在威利斯提出的科学解释中挑毛病，不过这种机会不多。即使遇到这种场合，威利斯通常都有狡辩的借口。

"那是因为碳的关系，"他说，"炽热的碳，就像在蜡烛火焰里的碳，但温度稍微高一些。"

"稍微?"弗洛伊德喃喃自语。

"我们现在燃烧的,假如你们用'燃烧'这字眼做辩解——可不是纯水。这些水虽然经过仔细过滤,里面还是有很多浮游的碳和其他各种化合物。这些东西只有用蒸馏才能除去。"

"说得好,但我还是有点担心,"葛林堡说道,"那些辐射……会不会影响引擎?宇宙飞船会不会因此而过热?"

这是个好问题,因而引起了某些人的焦虑。弗洛伊德等着威利斯回应,但狡猾的威利斯却把球踢给他。

"我希望由弗洛伊德博士来回应一下。毕竟,这个方案是他提的。"

"是乔森提的,拜托!不过问得好。实际上不会有什么问题。当我们以全速推进时,那些烟火都远在我们后方一千公里之外,一点也不用担心。"

现在宇宙飞船正在彗核上空约两公里处翱翔。假如不是因为排出废气的炫光,应该可以看清下方被阳光照亮的整个彗核表面。即使在这样的高度——或距离——老实喷出的水柱也只稍微散开一点点。弗洛伊德突然想起,它很像点缀在瑞士日内瓦湖上的那些巨大喷泉。他已经五十年没见过它们了,不知还在不在。

史密斯舰长开始测试所有的控制系统,先慢慢地将宇宙飞船转动,然后沿着Y轴和Z轴晃动。每项功能似乎都完美无缺。

"'零时行动'将在十分钟后展开,"他宣布,"最初五十小时的加速度是0.1G，然后提高到0.2G，直到回转点为止，也就是离现在一百五十小时后。"他停了一下，让大家了解他所说的话。从来没有宇宙飞船连续以这么高的加速度航行这么久。假如宇宙号不能妥善地刹车，将会冲出太阳系，成为第一艘载人的星际漫游者而名留青史。

现在宇宙飞船逐渐转为水平方向——在几乎没有重力的地方，不知道"水平"这个词还能不能用——并且直接朝着彗星喷发出来的白色水柱，准确来说，是水雾和冰晶的混合体，飞过去。宇宙号直接向它冲过去耶——

"他在干什么？"米凯洛维奇不安地说道。

舰长显然料到了有人会提出这个问题，因此主动开口说明。他似乎已经完全恢复了好心情，声音里有一丝逗趣的味道。

"这是咱们离开之前要做的一件小小的杂事。各位别担心，我很清楚我在做什么。我的二号副手同意我这么做——对吧？"

"是的，长官！不过当初我以为你是在开玩笑。"

"舰桥上究竟在搞什么鬼啊？"威利斯茫然地问道。

宇宙飞船开始缓缓左右摇摆，同时以悠闲的步调向那口间歇泉前进。在这么近的距离——现在不到一百米——让弗洛伊德觉得它更像远在地球上的日内瓦湖喷泉。

他不会真的载我们飞进去吧——

——真的！宇宙号一头栽进那上升的水柱时，产生了一阵轻微的震动。它继续缓缓地左右摇摆，好像一把钻子一路钻进了那口巨大的间歇泉。监控和观察窗上只能看见白茫茫一片。

整个过程大概不到十秒钟，然后他们就从另一面穿出来了。舰桥上的船员不由自主地爆出一阵短暂的喝彩，但是乘客——包括弗洛伊德本人——都有点受虐的感觉。

"现在准备出发！"舰长心满意足地说道，"我们的宇宙飞船再度变得又干净又漂亮了。"

在接下来的半个小时里，地球和月球上超过一万个业余观察者都观察到彗星的亮度加倍了。"彗星观测网络"因此被塞爆而完全瘫痪，专业天文学家气得半死。

不过社会大众很喜欢。几天之后的黎明前数小时，宇宙号打算再秀一个更炫的。

宇宙飞船逐渐加速，每小时的速度增加超过一万公里。它目前已经深入金星轨道内部，并且继续接近太阳，然后绕过近日点，到时候它的速度将超过任何天体。绕过近日点之后，它将直接飞往太隈。

当它通过地球与太阳之间时，绵延一千公里长的炽热碳尾相当于四等星的亮度，从地球上很容易看到；在黎明时分短短的一小时内，可以明显察觉到它在众星面前的移动。因此，值此救援行动的启程时刻，为宇宙号送行的人类数目之多，堪称历史上所仅见。

35

漂　流

听到姊妹舰宇宙号正兼程赶来，并且可能以超乎任何人想象的时间提前抵达，银河号上所有船员的反应只能以"欣喜若狂"形容。尽管他们目前无助地漂流在陌生的海域里，四周有许多可怕的怪兽，但突然之间，这些都不太重要了。

这些怪兽似乎没么可怕，虽然三不五时还会出现。这些巨大的"鲨鱼"虽然偶尔现身，但从不靠近宇宙飞船，即使舰上丢垃圾出来的时候也是一样。这一点确实让人意外——这强烈显示巨兽不像地球上的鲨鱼那么笨，它们有良好的通信方式。也许它们比较像海豚而不是鲨鱼。

另外也有许多较小的鱼群，这些鱼真的够小，假如摆在地球的市场里，没有人会多看一眼。有一位擅长钓鱼的船员用没饵的鱼钩搞了老半天，总算抓到一条。他没有将它从气闸带进船舱（舰长一定不会准的），只是经过仔细的量测和拍照之后，将它放回大海。

不过这位得意扬扬的钓客后来倒霉了。他在钓鱼时所穿的航天服染上了一股腐败鸡蛋的臭味，那是典型的硫化氢的味道。当他把航天服带进舱内时，立即成了全舰的笑柄。这又是一件外星生物化学与人类格格不入的一例。

科学家也想钓鱼，但舰长一律不准。他们只被允许观察和做记录，但不准采集。无论怎么说，他们只是行星地质学家，而不是自然学家，没有人想过要带福尔马林来——但话又说回来，福尔马林在这里可能没什么用。

有一阵子，宇宙飞船漂流过一片片浮在海面上的鲜绿色物质。它们的形状为椭圆形，约有十米宽，每片大小大致相同。银河号切过它们时并未受到任何阻力，而且切过之后它们随即重新合在一起。有人猜测它们是某种群聚的生物体。

一天早上，值班的船员突然发现有个"潜望镜"从水里伸出来，细看之下原来是一只友善的蓝眼睛。他当时吓了一大跳，等回过神后，他说那很像是只病牛的眼睛。它黯然地凝视他片刻，显然觉得无趣，然后慢慢地潜回海里。

这里所有东西都运动得很慢，道理很简单：这是个低能量的世界，没有游离的氧可供呼吸，不像地球上的动物，从出生开始就可以利用吸入的氧，产生一系列连续的爆发力。只有第一次碰到的

"鲨鱼"才有点激烈的动作——但那是垂死前的挣扎。

也许这对人类而言是件好事。虽然他们穿着累赘的太空服，但欧罗巴上即使有什么东西想追上他们，可能也都力不从心。

拉普拉斯舰长觉得很好笑，他居然将宇宙飞船交给事务长弗兰克·李驾驶，他不知道这在航海或航天历史上是否是个创举。

其实，李先生并没有多少事可做。银河号直立漂浮着，三分之一露在水面上。时速五海里的风稳定地从后面吹来，因此船有点前倾。在吃水线以下只有少数几处漏水，很容易处理。同样重要的是，整个船壳仍然没漏气。

虽然大部分的导航设备都派不上用场，但他们都知道正确的位置。盖尼米得方面每小时都由舰上的紧急信号发射器正确的追踪他们的位置；假如银河号的航向不变，他们将在三天内碰到一座大岛。假如没碰到，他们将航向茫茫大海，最后抵达位于太陨正下方的海水蒸发带（但温度不会很高）。万一走到那个地步，虽然称不上是场大灾难，但也够糟糕了。代理舰长李先生花很多时间，想尽办法避免这种事情发生。

做面帆（即使有适当的材料与索具）恐怕对船的航向调整没有什么帮助。他也曾经做了几个临时拼凑的锚，沉入五百米深的水里，希望找到有用的洋流，结果什么也没发现。连海底都深不可测，可能在锚的下方数公里的地方。

也许这样还算不错，可以免受海底地震的侵害。在这片新诞生的海洋里，海底地震非常频繁。有时候，震波来袭时，银河号会像受到巨锤重击般全身颤动。几个小时之后，高达数十米的海啸会侵袭到海岸；但是这里的海很深，这么大的海啸不过是个小涟漪罢了。

有好几次，远处会突然出现大漩涡，看起来蛮恐怖的，它们很可能把银河号卷入深不可测的海底。幸好距离很远，只会使船原地转几圈而已。

还有一次，一个巨大的气泡从海底浮上来，就在一百米外爆破。那景象非常壮观，而且每个人都同意医生的肺腑之言："谢天谢地，幸好没闻到它的味道。"

说来奇怪，无论处境如何怪异，人类都会很快地习以为常。不到几天的时间，银河号上下就已经稳定下来，一切都恢复常态。拉普拉斯舰长的主要问题是如何让船员时时有事做。没有任何事情比无所事事更糟了，士气会荡然无存。他一直在想，昔日帆船时代的船长究竟如何让船员保持忙碌，以度过那漫长无聊的旅程——他们总不可能整天都在爬帆索和刷甲板吧。

舰上的科学家则是个截然不同的问题；他们经常提出许多测试和实验的申请，核准与否颇伤脑筋。一旦核准，他们就会霸占舰上有限的通信频道。

目前，舰上的主天线组件在水平面上不断被海水冲击，有点损坏，因此银河号无法直接与地球联系，而必须经由盖尼米得转接，能用的带宽也少得可怜，只有数百万赫。目前仅存的视频通信频道很抢手，但他对地球方面电视业者的要求一概予以回绝。倒不是因为一成不变的汪洋大海没什么看头，而是因为舰上实在太脏乱，而且船员虽然士气还不错，却个个不修边幅，实在不宜上镜头。

只有小克里斯与外界的电信来往最为频繁，频繁得有点不寻常。他以密码发出的简讯都很短，不太可能包含很多数据。拉普拉斯决定和他谈一谈。

"小克里斯，"他在自己私人的舱房里说道，"你是否可以告诉我，你有什么兼差工作？"

小克里斯面有难色。此时舰外一阵强风，让船身摇晃了一下，他赶忙用手抓紧桌子。

"我很想告诉你，长官，但我奉命不得泄露。"

"奉谁的命？我可以问吗？"

"坦白说，我也不太清楚。"

这是实话。他很怀疑是星际警察方面的人。他只记得当初在盖尼米得上向他做简报的那两位绅士话不多，从他们身上看不出任何端倪。

"身为本舰的舰长，尤其在目前的情况下，我想知道舰上究竟是怎么一回事。如果我们能逃出这里，我还要在调查庭里耗上好几年的时间，可能你也是一样。"

小克里斯勉强挤出一丝笑容："我活该，对吧，长官？就我所知，高层有人早就知道此次任务会出纰漏，只是不知道是什么样的纰漏。我奉命保持高度警戒。我恐怕没有把事情做好，但一旦有事，他们能掌握的只有我一个人。"

"我想你不用自责。谁知道罗茜居然……"

舰长顿了一下，心里突然想到一件事："你还怀疑谁吗？"只差没说出"比如说——我？"但此时舰上的气氛已经够神经质了。

小克里斯心里挣扎了一阵子，然后做了一个决定："也许我早就应该告诉你了，长官，但我看到你一直很忙。我认为范德堡博士似乎与此事脱不了关系。他是个米底亚人——是个怪异的族群，我不太了解他们。"他或许应该说不太喜欢他们，因为他们太排外了，对外人很不友善。不过不用太责怪他们，所有披荆斩棘的拓荒者也许都是这样。

"范德堡——唔。其他的科学家怎么样？"

"他们都经过核查了，每个人都合法，没有任何异常。"

这句话并不完全对。比如说，辛普森博士就有好几个非法的老婆（至少曾经有过一阵子），而希金斯博士则拥有一大堆乱七八糟的非法书籍。二副小克里斯不太清楚为什么他们要告诉他这些事情，可能上级只是想让他知道他们消息灵通。他觉得替星际警察当局，或类似的某个机构做事有这个有趣的边际效益。

"很好，"舰长打算结束与这位业余情报员的谈话，"假如再发现任何事——任何涉及本舰安全的事——请随时向我报告。"

　　依目前情况看来，很难猜想还会发生什么事。最糟的事情似乎已经发生过了。

36

外星海岸

即使在看见岛屿的二十四小时之前，大家还是不确定银河号是否会错过它，被风吹向苍茫大海的中央。根据盖尼米得上的雷达观测结果，宇宙飞船的位置都被画在一张图上。舰上每个人都很担心，每天都去看好几回。

即使能够登岸，银河号的问题才刚要开始。它可能不会安稳地靠在斜度适当的海岸边，而是遇到崎岖的岩岸，被撞得粉碎。

代理舰长李先生完全了解这个风险。他曾亲身遭遇过船难，当时他驾驶一艘游艇经过巴厘岛外海，在最紧要关头，引擎突然故障。虽然最后是有惊无险，但他现在可不希望历史重演，尤其现在没有海岸防卫队前来救援。

在他们的困境中，有一件事可说是宇宙航行史上的怪现象。看看他们，搭乘的是人类所造最先进的交通工具——可以横越太阳系！——但现在想要让航道偏向几米都做不到。不过他们也不是完全束手无策，李先生手里仍然有几张牌可以打。

在这颗曲率很大的星球上，他们直到距离五公里处才看到那座岛。李先生看到之后不禁松了一口气：那里没有令他担心的悬崖峭壁，但也没有他希望看到的沙滩。地质学家警告过他，要在这里看到沙，至少也要几百万年以后。欧罗巴上的石磨转得很慢，还没有足够的时间磨出沙子来。

确定他们可以靠岸之后，李先生马上下令将银河号的主燃料槽完全抽空。当初刚着陆时，他曾特地将它们装满水。接下来的几个小时非常难挨，船员中至少有四分之一闲得发慌。

银河号在水里越浮越高，晃动也越来越厉害。接着哗啦一声巨响，它像具鲸鱼的尸体般横躺在水面上。在过去，捕鲸船为防止捕获的鲸鱼下沉，都会将它们的尸体灌满气体。看清楚船的横卧姿态之后，李先生再度调整浮力，让船尾稍微下沉，船首的舰桥恰好在水面上。

正如他的预料，银河号开始受侧风影响而颠簸，于是又有四分之一的船员因为晕船无法工作。但李先生还是有足够的人手将"锚"搬出来。这是他为最后这一步预备好的。这支所谓的锚是由几只空箱子绑在一起，利用它的拖曳力使船指向登岸的方向。

现在，他们可以看清楚船正慢慢地——慢得让人受不了——

驶向一片狭小的海滩，上面堆满小圆石。虽然没有沙，圆石也可以将就一下……

当银河号搁浅时，舰桥恰好在海滩上方，此时李先生打出最后一张牌。他只做了一次试验性的动作，不敢多做几次，以免搞坏机器。

最后，银河号从下方伸出登岸用的台阶。当它插入这颗外星的地表时，发出了碾压的声音，并且引起了船身一阵颤动。现在银河号已经牢牢地靠在岸边，不怕风浪的侵袭，也不用担心潮汐的涨落，因为这里根本没有潮汐。

毫无疑问，银河号已经找到最终的归宿——而且很可能，这里也是船员们的长眠之所。

V

穿越小行星带

37

太空谈星

这时，宇宙号正以高速飞行，它的轨道与太阳系任何天体完全不同。最靠近太阳的水星在行经近日点时，速度不会超过每秒五十公里，而宇宙号在第一天就已经达到这个速度的两倍——但加速度却还只有未来的一半（届时舰上的水将会消耗掉数千公吨）。

在他们穿入金星的轨道之后好几个小时里，金星是仅次于太阳和太隗最亮的天体。它小小的圆盘形状用肉眼依稀可辨，但即使利用舰上最强力的望远镜，也看不清它的面貌。金星和欧罗巴一样，都吝于以真面目示人。

再进一步飞近太阳——现在飞船已深入水星轨道内——宇宙号不仅是在抄近路，而且正利用太阳的重力场获得免费的动力。由于大自然总是维持收支平衡，因此在这场交易过程中，太阳会损失一点点速度，但这个效应非常微小，几千年内都量测不出来。

史密斯舰长要利用宇宙飞船掠过近日点的机会，稍微洗刷以往迟疑不决的污名。

"现在你可知道我为什么要驾驶宇宙飞船穿越老实泉了吧？"他说道，"假如我们没将船壳上的污秽洗干净，这个时候船壳就会过热。事实上，目前的日照是地球上的十倍，我很怀疑本舰的防热设备是否应付得了这么大的说辞。"宇宙飞船上的乘客透过滤光镜几乎全黑的镜片观看着那颗逐渐逼近的太阳，看起来真的有点恐怖，因此相信舰长的说辞。不过，当太阳再度缩小为正常大小时，他们都非常高兴；接着，宇宙号穿过火星轨道向外急驰，踏上此次任务的最后一段旅程，后方的太阳也越缩越小。

舰上的"万人迷五人组"都各自调整了个人的生活方式。米凯洛维奇继续不断作曲，曲子又臭又长又吵，除了吃饭时间之外，几乎不见人影。而当他出现时，总是讲一些有的没有的，拿人开玩笑——威利斯是最大的受害者。葛林堡则自封为荣誉船员，整天在舰桥上混。当然没有人对此提出反对。

玛吉·M觉得自己既可笑又可怜。

她说："作家常说，只有在某些地方——最理想的例子是灯塔或监狱——不受干扰，心无旁骛，才能写出更多更好的作品。目前正是如此，我无法抱怨——除了一件事，我所需要的研究数据总是因为其他优先信件插队而姗姗来迟。"

即使是威利斯也有相同的感觉。他正忙着拟订各式各样的长期计划，很少露面。还有一个原因使他足不出户：他的那把胡须还要好几个星期才会恢复原来的样子。

伊娃·美琳每天都待在视听中心好几个小时，她说是在重温她最喜爱的经典名片。幸好，宇宙号在出发以前来得及将视听数据和投影设备安装完成。虽然收藏的数据不算多，但已经足够看好几辈子了。

从电影工业发轫时期开始，所有的名片这里都有。伊娃几乎全都看过，逢人便滔滔不绝，如数家珍。

当然，弗洛伊德最喜欢听她说话，因为唯有此时，她不再是个冷冰冰的偶像，而是个活生生的人。他替她感到悲哀和迷惘，她与真实世界的唯一联系竟然是这种人为的虚幻影像。

弗洛伊德的一生可说是多彩多姿，但最奇特的经验之一是在火星轨道外某处，与伊娃同坐在半暗的光线里，一起观赏原版的《乱世佳人》。有若干机会，他可以看到她那著名的侧影，与女主角的演员费雯·丽作对照；他实在分辨不出两人的高下，因为各有各的特点。

当灯光亮起，他很惊讶地发现伊娃在哭。他握住她的手温柔地说道："当我看到邦妮死的时候，我也哭了。"

伊娃勉强挤出了一丝笑容。

"其实我是为费雯·丽而哭，"她说，"当我们在拍第二版的时候，我读了很多有关她的东西——唉！她真的是红颜薄命啊！说到她，现在我们也刚好在星际太空中，使我想起她丈夫拉瑞说过的一句话。当时他刚将精神崩溃的费雯·丽从斯里兰卡带回来，告诉朋友说：'我娶了一个太空来的老婆。'"

伊娃停了一下，眼泪再度簌簌流下。弗洛伊德不由得想道：就和演戏似的。

"有件事更加诡异。她的最后一部电影刚好是在一百年前拍的，你知道那部片子的片名吗？"

"你说吧！再让我大开眼界一下。"

"我希望也让玛吉开开眼界——假如她还在写那本威胁我们的书。费雯·丽主演的最后一部影片就叫作《愚人船》。"

38

太空冰山

　　既然他们手上有意想不到的空闲时间，史密斯舰长终于同意了接受威利斯的专访。这个专访是当初合约上定下的，由于前一阵子大家都很忙，一直耽搁下来。其实威利斯本身也一直在拖，米凯洛维奇一口咬定那是因为他剃了胡须的关系。不过，要恢复他原来的公众形象还需要好几个月的时间，因此他最后决定这次专访不用摄影机。播出时，地球上的摄影棚可以用他的档案照片充数。

　　他俩坐在舰长陈设简单的舱房里，品尝着上等的葡萄酒。很显然，这些酒是威利斯被允许带上舰的行囊中最主要的东西。在几个小时之后，宇宙号将切断动力，开始滑翔，因此这是未来几天之内唯一的空当。威利斯总是认为，在无重力环境下喝酒最煞风景；他绝不允许他的宝贵佳酿装在塑料容器中，然后用手挤入嘴里。

"我是维克多·威利斯，在宇宙飞船宇宙号上做专访。今天是2061年7月15日，星期五，时间是18时30分。虽然目前我们还没有抵达此趟旅程的中点，但已经远在火星轨道之外，而且几乎在以最快速度飞行。请问舰长，目前的速度是……？"

"每秒一千零五百公里。"

"也就是每秒钟超过一千公里——差不多是每小时四百万公里！"

威利斯惊讶的语气听起来不像是装出来的。不想也知道，他对各种轨道参数的了解根本无法与舰长相比。不过他擅长站在观众的角度，不但知道观众要问什么，而且知道如何引起观众的兴趣。

"没错，"舰长以骄傲的姿态淡淡地回答，"我们目前的速度是人类有史以来最快速度的两倍。"

威利斯心里嘀咕道：这句话本来是我的台词啊！我最讨厌别人抢词了。不过身为一个训练有素的专业人员，他立即调适过来。

他停顿了一下，似乎是在看他的提示板（他讲话都要看提示板，这是众所周知的秘密）；那小小的屏幕具有高度的方向性，只有他看得到上面的字幕。

"我们每十二秒钟就可飞行一个地球直径。但是以这么快的速度，我们还要十天才能到达木——不，太隗！从这些数字大家就可想象太阳系有多大——

"现在，舰长，我想谈谈一个敏感的话题。在过去的几个星期里，我一直在思考许多相关的问题。"

拜托！史密斯心里暗叫不妙：不要再提无重力马桶好不好？

"就在此刻，我们正在穿过小行星带的中央——"

（真希望他问的是马桶的问题，史密斯心想。）

"——虽然从未有宇宙飞船被小行星撞到而严重受损，但我们还是有这个风险吧？毕竟，这里少说也有数百万颗小行星在运行，至少有像海滩球那么小。我们只知道其中几千颗的位置和动向。"

"不止，超过一万颗。"

"但仍然有好几百万颗我们一无所知。"

"话是没错，不过即使知道了也没什么用。"

"什么意思？"

"我们拿它们一点办法也没有。"

"为什么？"

史密斯舰长停下来仔细思考。威利斯说得没错，这果真是个很敏感的话题。假如他说了一些不该说的话，影响未来的顾客搭乘宇宙飞船的意愿，一定会受到上级的警告。

"首先，太空是很空旷的，即使在这里——正如你所说，在小行星带的中央——被撞的机会也是微乎其微。我们本来很希望秀一颗小行星让你瞧瞧，最理想的一颗是'哈奴曼'，只有区区三百公里大小，但与我们最靠近的距离少说也有二十五万公里。"

"哈奴曼算是大的吧。我们四周还有许多不知名的碎片到处飘浮呢，难道你不担心吗？"

"我担心的程度跟你在地球上担心被雷打到差不多。"

"事实上，我曾经差一点被雷打到，那是在科罗拉多州的派克峰，闪电和雷声同时出现。你承认这个风险确实存在，对吧？而且，我们飞行速度这么快，风险不是会增加吗？"

威利斯显然是明知故问，他只是站在听众的角度问这个问题——地球上的一大帮听众目前正以每秒一千公里的速度远离他。

"这个问题不用数学是讲不清楚的，"舰长说道（这是他常用的伎俩，不管对不对，他都拿它当挡箭牌），"但速度和风险之间的关系没那么单纯。宇宙飞船的速度这么快，撞上任何东西都是不得了的事情。假如你站在一颗原子弹旁，当它爆炸时，不论它是千吨级的还是百万吨级的，结果都是一样。"

这番说辞虽然未能消除疑虑，但他只能这么说。在威利斯进一步逼问之前，他抢先继续说道："容我提醒你，即使我们有……呃……冒一点点额外的风险，也是有道理的。区区一个小时可能能救很多人的性命。"

"是的，我想大家都会感谢你这么做。"威利斯停了一下。他很想加一句"况且，我就在同一条船上"，但又吞了回去，因为这么说不太得体——虽然他说话一向不太得体。无论如何，识时务者为俊杰，除非他想徒步走回去，否则还是识相一点。

"说到这里，"他继续道，"让我想到另一个问题。你知道在一个半世纪以前，北大西洋发生过什么事吗？"

"你说1911年？"

"嗯，应该是1912年……"

史密斯舰长猜想得到接下来的事，因此拒绝合作，故意装迷糊。

"我想你是指'泰坦尼克号事件'。"他说道。

"完全正确，"威利斯回答，并且有意地掩饰令他失望之事，"至少有二十个人告诉我，他们已经看出目前的情况与该事件有类似之处。"

"有什么类似之处？当年泰坦尼克号甘冒不必要的风险，为的只是要打破纪录。"

他几乎想加一句："而且它没有足够的救生艇。"但幸好及时踩了刹车。他突然记起来，舰上唯一的一艘航天飞机最多只能载五个人。假若威利斯追问此事，那真不知该如何解释。

"好吧！我承认这种类比有点不靠谱。不过大家仍然发现了另一个显著的相似之处。你应该知道泰坦尼克号的第一任（也是最后一任）船长叫什么吧？"

"我一点也不知……"史密斯舰长只说到一半，接着吓得目瞪口呆。

"没错！"威利斯一面说道，一面沾沾自喜地微笑着（以"沾沾自喜"形容算是仁慈的）。

　　史密斯舰长恨不得把所有的业余研究者统统掐死，但无法怪自己的祖先，什么姓不好姓，偏偏姓一个英文里最常见的姓。

39

舰长的邀宴

地球上（还有地球外）的观众无法亲自参加宇宙号上的非正式讨论会，实在非常可惜。现在，舰上的生活已经恢复常态，其间点缀着一些定期举行的指标性活动——其中最重要的、由来已久的一项，就是"舰长的邀宴"。

在18:00整，舰上六位贵宾和没有当值的高级船员，都会应邀与史密斯舰长共进晚餐。当然，他们不像当年北大西洋上的海上璇宫，必须穿着正式的礼服，不过大家还是会在服装上争奇斗艳。伊娃每次都会展示新的胸针、耳环、项链、发饰或香水，她的首饰似乎取之不尽，用之不竭。

如果宇宙飞船的引擎有开动的话，晚餐的第一道是汤；但假如没有动力和重力，则改成其他的开胃菜。无论如何，在主菜端出之前，史密斯舰长照例会报告最新的消息，或试图破除最近的谣言——通常是来自地球或盖尼米得上的新闻报道。

各式各样的指控和反控满天飞，其中最夸张的是有关银河号被劫的事件，有许多不同的说法出现。有人将箭头指向所有可能的秘密组织，其中有些组织确实存在，但有许多是虚构的。不过这些说法有个共同点：没有举出令人信服的动机。

另外有件事让这个谜团更加扑朔迷离。星际警察通过不眠不休的调查发现了一项惊人的事实，已故的"罗茜"其实名叫鲁斯·梅森，生于北伦敦，曾经加入市警局，后来因为从事种族主义活动被解雇。她移民到非洲之后就销声匿迹。显然在那多灾多难的大陆上，她已经牵扯到地下政治组织。许多人都猜那个组织就是夏卡，但南非合众国则一再否认。

这一连串事件究竟与欧罗巴上发生的劫案有何关联，一直是餐桌上争论不休的话题。玛吉·M甚至承认，有一阵子她计划写一本有关夏卡的小说，以这位祖鲁暴君的后宫众多嫔妃中的某个妃子的角度铺陈。但当她越深入研究这个主题就，越觉得反感。她不得不坦承："我宣布放弃写这本小说，我终于了解现代德国人怎么看待希特勒了。"

随着旅程的进行，这类个人意见的表达越来越多。当晚餐结束时，每人都有三十分钟的时间发表高见。这些都是每个人毕生到过许多天体的宝贵经验，内容精彩，所以成为了以后茶余饭后的最佳话题。

令人出乎意料的是，讲得最不精彩的竟然是威利斯。他本人也承认，并且还找了借口。

他略带歉意地说道："我比较习惯在广大观众面前表演。在这种较亲密的小团体里，我真的施展不开。"

"那么如果弄得不亲密一点，你的表现会不会好些？"米凯洛维奇好心地问道，"这很容易安排。"

另一方面，伊娃的表现却比预料的好，但她的记忆完全都局限在娱乐圈。她记得最清楚的是与她合作过的导演——尤其是毁誉参半的大卫·格里芬。

"听说，"玛吉·M问道，显然是联想到夏卡，"他不喜欢女人，是真的吗？"

"也不尽然，"伊娃赶忙回答，"他讨厌的是演员，他认为戏子无义，根本不是人。"

米凯洛维奇的回忆范围也很有限——大型管弦乐团和芭蕾舞团、名指挥家和作曲家，以及他们的一大帮粉丝。不过他有很多后台的爆笑故事和不可告人的秘密，以及女演员之间如何斗得你死我活、如何在初演时互扯后腿的逸事，使得那群最不懂音乐的听众也笑得人仰马翻，要求他多讲点。

葛林堡上校所经历的许多奇遇，由他本人亲自现身说法，也不遑多让。他首度登陆水星气象意义上的南极壮举已经被报道得巨细靡遗，没什么新鲜了，但大家比较感兴趣的问题是："什么时候再去？"还有："你想再去吗？"

"假如他们提出要求，当然我会再去，"葛林堡回答道，"但是我倒希望水星像月球那样。你知道，上次人们登陆水星是1969年的事，之后已经有半辈子没再去了。无论如何，水星不像月球那么有用——也许将来有一天会有用。那里没有半滴水。当然，当初在月球上——应该说是月球内——发现有水，大家也很意外……

"有件事不像登陆水星那么风光，但是非常重要，就是我曾经在月球上建造所谓的'阿利斯塔克骡子列车'。"

"骡子列车？"

"嗯。在大型的赤道发射器建造之前，他们没办法把开采出来的冰块直接发射到轨道上，而必须将冰块由矿坑口运到雨海太空站。意思就是说，必须开辟一条横越熔岩平原的道路，途中还要跨越一些深谷。这条所谓的'冰路'只有三百公里长，却花了几条人命的代价才完成……

"所谓'骡子'事实上是一种八轮大拖车，每个轮子都巨大无比，而且是采用独立的悬吊系统。它最多可拖十几辆拖车，每辆可载一百公吨的冰。由于都利用夜间运送，因此不必将货物盖起来。"

"我曾经随车好几次，一趟约需六小时（我们没想要打破速度纪录）。抵达目的地之后，将冰块卸入大型的加压槽里，等候太阳上升。待融化之后，即可替宇宙飞船加水。

"当然，冰路目前还在，但现在只有观光客在走。假如他们聪明的话，应该在晚上坐车，就像我们以前一样。那是一派如真似幻的景象：整个地球吊在头顶上，非常明亮，几乎不必开车灯。虽然我们可以随时与朋友通话，但通常都把无线电关掉，只留自动通报信号报平安。在那美妙的空灵世界里，大家都不愿意被打扰。不过，我们知道好景总不会持久，要看要趁早。

"目前他们正在沿月球赤道建造'兆伏夸克碎裂机'，雨海和澄海地区已经建筑物林立，失去原来的空旷景致。还好，我和阿姆斯特朗、奥尔德林等人都曾经目睹它的原始面貌；以后如果你在澄海基地的邮局可以买到印有'真希望你也在此'的明信片时，那也就差不多了。"

40 来自地球的恶魔

"……幸好你没参加今年的年度舞会。信不信由你，跟去年一样烂。与往常一样，我们鼎鼎大名的肥婆维京婶差点没把舞伴的脚趾踩碎——在重力只有半个G的舞池里。

"有一件正事告诉你。由于你在好几个月——不是几个星期——内还不会回来，院方一直觊觎你那间公寓——具有地点好、购物方便、景观（晴天时看地球）佳等等优点，打算在你回来之前把它分租出去。这样也好，可以帮你赚一大笔钱。假如有什么个人物品需要收起来的，我们会帮你收藏好……

"再来是夏卡的事。我知道你很喜欢捉弄我们，不过这次我和杰利真的被你吓坏了！我现在了解为什么玛吉·M这么排斥他。当然，我们看过她的《奥林匹斯色情录》，虽然很好玩，但太女性主义了……

"他简直是个恶魔！我终于了解为什么他们称那帮非洲恐怖分子为夏卡。听说如果他的手下结婚的话，他会用各种奇怪的酷刑处死他们！还有，他杀光国内所有的母牛，只因为它们是母的！最可怕的是他所发明的矛；他用这种矛像凶神恶煞般地滥杀无辜……

"这样的事听在我们这些不食人间烟火的人耳里，实在太震撼、太恐怖了，几乎让人想改变不问世事的态度。我们常自诩是一群善良、宽大为怀的人——而且，还蛮有天分和艺术气质的，但你现在让我们看清楚了一些所谓'伟大战士'的真面目（好像杀人是一件伟大的事！），使我们耻于与他们为伍……

"没错，我们确实知道亚历山大大帝和古罗马皇帝哈德良是怎么一回事，但我们根本不知道狮心王理查和萨拉丁的残暴。还有恺撒，虽然将自己塑造成神，但问问安东尼和克里欧就知道。还有腓特烈大帝，虽然有一些功弥补其过，但看看他如何对待老巴赫。

"我曾经告诉杰利，至少拿破仑是个例外——我不是在拍他马屁，你知道他怎么说？'我敢打赌约瑟芬是个男的。'有胆的话，你可以说给伊娃听听。

"你这家伙！无缘无故说那些血淋淋的故事，破坏了我们宁静的心境（很抱歉又用了一个隐喻）[1]。你不应该让我们知道这些事

---

1 原文为tarring us with that bloodstained brush，字面意思是"以血淋淋的故事，破坏了我们……"，但还有一层隐喻："以一丘之貉的恶行，破坏了我们……"

情，因为无知就是幸福……

"无论如何，在此献上我们（包括我的鹦鹉席巴斯钦）无限的祝福。遇到欧星人的话，替我问声好。根据银河号的报道，有些欧星人可能很适合当维京妍的舞伴。"

41

百岁忆往

弗洛伊德博士不太喜欢提起第一次的木星探险和十年后的第二次太隗探险。那都是陈年往事了，而且全都讲过一百遍以上了，对象包括国会里的各种委员会、太空咨询委员会，以及像威利斯这样的媒体人。

不过他还是有义务对同船的贵宾再讲一遍，不然他们绝不会放过他。他是当年目睹一颗新恒星——以及一个新太阳系——诞生的人中唯一在世的，因此大家都希望透过他，对于他们正在急驰前往的世界有些特别的了解。这是个天真的想法，因为他所能提供有关伽利略卫星的知识，远比在那边工作的科学家和工程师少。他们中的许多人已经工作了三十年以上。当他被问到"欧罗巴（或是艾奥、盖尼米得、卡利斯托……）上究竟是什么样子"时，经常都

215

很粗鲁地告诉发问者自己到舰上图书室里去查。不过那里面的相关报告一大堆，根本不知从何查起。

然而，他的一段经验是报告里查不到的。事隔半个世纪，他有时候还是搞不清楚这件事是否真的发生过，或者鲍曼在发现号上向他现身时，他刚好睡着了。无论如何，他宁可相信那是宇宙飞船闹鬼，还比较容易解释些……

但是当那团浮尘自动聚集成一个人的鬼影，而那个人已经死了十几年，他觉得当时不可能是做梦。假如没有这个鬼影的警告（他记得很清楚，鬼影的嘴唇根本没动，而且声音是从计算机操作台发出来的），当木星爆炸时，列昂诺夫号和舰上所有的人早就蒸发了。

"他为什么要这么做？"某一次餐后闲谈时，弗洛伊德回答道，"这个问题已经困扰了我五十年。在他离开发现号的舱库，出去探索石板之后，不管他变成什么，一定跟人类还有某种关联。由那颗轨道炸弹意外被引爆，可知他曾经短暂回到地球。而且有证据显示他拜访过母亲和过去的女友；这……这不是看破七情六欲的个体应有的行为。"

"你认为他现在是什么？"威利斯问道，"而且——现在他在哪里？"

"你的第二个问题也许没有什么意义——即使对人类而言。你知道你的知觉现在在哪里吗？"

"这不必用形而上学也知道，总之，它就在我的大脑某处。"

"当我年轻的时候，"米凯洛维奇叹道，他最擅长在最严肃的讨论中破坏气氛，"我的知觉完全集中在肚脐以下某处。"

"我会假设他在欧罗巴上，因为大石板就在那边，鲍曼跟它绝对脱离不了干系，无论是啥干系——看看他是如何警告我们的。"

"你认为第二则警告，警告我们别靠近欧罗巴那个，也是他转来的吗？"

"我们现在可以不理会了——"

"——基于正当理由——"

史密斯舰长通常让大家畅所欲言，现在忍不住插嘴。

"弗洛伊德博士，"他若有所思地说道，"你的处境很特殊，我们应该好好利用一下。鲍曼曾经破例帮过你一次。假如他还在，也许愿意再帮一次。我非常在意他所下的命令：'千万别在欧罗巴降落。'如果他能通融一下——比如说，暂时取消这则禁令——我会更高兴。"

弗洛伊德还未回答，同桌有些人就连声说："好耶！赞成！"

"是的，我也一直这么想。我已经通知银河号那边，随时注意有什么——怎么说，嗯，动静——万一他想要跟我们联系的话。"

"不过，"伊娃说道，"他现在也许已经死了——鬼也有可能会死。"

即使米凯洛维奇也不知如何回应，但伊娃显然感觉到大家都不太搭理她。

但她不以为忤，仍然继续追问。

"亲爱的弗洛伊德，"她说，"你为什么不干脆用无线电打个电话给他？无线电话就是用在这个时候的，不是吗？"

弗洛伊德也想过这个点子，但不管怎么说，假如把它当真，又似乎太幼稚了一点。

"我会的，"他说，"我想打个电话也无妨。"

42

小型石板

这一次，弗洛伊德很确定自己是在做梦……

在无重力之下，他一直都睡不安稳；而目前宇宙号正好关掉动力，以最快速度滑翔飞行。两天之后，将有几乎一个星期的时间做稳定的减速，去掉多余的速度，直到能够与欧罗巴会合。

无论调整安全带多少遍，他总是觉得不是太紧就是太松：不是紧得无法呼吸，就是松得从床铺里飘出去。

有一次他醒来时，发现自己浮在半空中。他手划脚踢了好几分钟，最后才游了几米，精疲力竭地抵达最近的墙壁。此时他才猛然想起，其实他不用这么折腾，他只要静静等待就可以了。舱房的排气系统自然会将他拉到通气口，他根本不用花任何力气。身为太空旅行的老手，他应该知道这件事。他自我解嘲说那是因为一时慌张而昏了头。

　　不过今晚他可不会再犯同样的错误，当重力恢复之后，他可能又不能适应了。他躺在床上，回想最近餐桌上的讨论话题，不到几分钟就睡着了。

　　在睡梦中，他仍然延续餐桌上的对话，梦中情景有些微的改变，但他视为理所当然，不觉得惊讶。例如，威利斯的胡须已经长回去了，但只长了一边。弗洛伊德心想，这可能和某个研究计划有关吧，但他很难想出其目的何在。

　　不过他自己有自己的烦恼，他发现航天主管米尔森不知何故居然也来参加了他们的小组讨论，并向他提出了许多批判，他必须一一答辩。弗洛伊德很纳闷，这家伙怎么会在宇宙号上。（莫非他是偷渡上来的？）他一时没想起来，其实米尔森已经去世四十几年了。

　　"弗洛伊德，"这个死对头说道，"白宫方面很不爽。"

　　"我猜不透他们为什么不爽。"

　　"因为你刚发到欧罗巴的那则无线电信息。它有没有经过国务院的核准？"

　　"我认为没有必要经过国务院的核准，我只是要求降落许可而已。"

　　"啊哈！问题就在这里。你向谁要求？我们与对方政府有邦交吗？我认为你恐怕都没有照规矩来。"

米尔森逐渐淡去，但仍听得到他嘴里的"啧啧"声。幸好这只是一场梦，弗洛伊德心想。这下又怎么了？

嗯！我早就该料到是它。你好，老朋友！你可真会变，居然变得这么小。当然，如果还像TMA-1那么大，根本挤不进这间小舱房——它的老大哥更不用说了，一口就可以把宇宙号吞下。

那块黑色石板正站在（或漂浮在）离床铺约两米的地方。弗洛伊德立即发现，它不但形状像块墓碑，连大小都一样，心里不禁毛毛的。在此之前，他虽然早就发现了两者相似之处，但因为大小太过悬殊，因此心理上的冲击还没那么大。但现在，他首度觉得两者的相似性令他不安，甚至不吉利。我知道这只是一场梦；但在我这个年纪，不喜欢这种不吉利的……

闲话少说——你在这里干什么？替鲍曼带来信息吗？或者你就是鲍曼？

嗯！说真的，我并不期望你会回答。你本来就不多话，对吧？不过只要你一出现，保证有事。回想六十年前，你曾经在月球的第谷坑发信号到木星，通知你的创造者说你被挖出来了。而且事隔十几年之后，看看你对木星干的好事！

现在你想干什么？

VI

天堂岛

43

等待救援

    拉普拉斯舰长和全体船员逐渐习惯了陆地的感觉之后，第一件事情就是必须重新调整方向感，因为银河号上所有东西的位置都不对劲。

    一般宇宙飞船的设计只有两种操作模式：一种是完全无重力，另一种是当引擎发动时，沿着轴向有上下之分。但现在银河号几乎是水平方向横躺着，所有的地板都变成了墙壁。他们就好像住在一座倾倒的灯塔里，每样陈设都要重新布置，而且至少有一半的设备无法正常运作。

    但从某个角度看，塞翁失马，焉知非福？拉普拉斯舰长将它运用得淋漓尽致。他命令所有船员整理银河号的内部。管路维修列为第一优先。大家都忙得不可开交，他不必担心士气的问题。只要船壳不漏气，μ子发电机继续提供能量，他们就暂时没有危险。只要能再撑个二十天，宇宙号就会凌空而降来救他们。没有人谈起一个可能性：欧罗巴的背后统治者也许不允许第二艘宇宙飞船降落。到目前为止，他们对于第一艘不速之客的闯入似乎没什么反应，何况第二艘只是从事救援行动，他们应该不会刁难才对……

不过欧罗巴本身现在有点不合作。当初银河号在大洋中漂流时，虽然地震也很频繁，大致上没什么影响。但现在宇宙飞船已经成为陆地结构半永久的一部分，每几个小时都会受到地震的震撼。如果当初宇宙飞船是以正常的直立姿势着陆，现在一定倒塌无疑。

这里的地震虽然讨厌，但不会有危险。不过对于经历2033年东京大地震和2045年洛杉矶大地震的船员来说，简直就是噩梦。他们虽然知道这些地震的发生有规则可循，也就是每隔三天半的时间，当艾奥在内层轨道掠过时，地震的强度和频率会达到最高峰，但还是人心惶惶。他们也知道欧罗巴本身的重力在艾奥上产生的潮汐作用也会造成相同的损害，但那又怎样？

经过整整六天的辛苦，拉普拉斯舰长终于满意了。银河号已经焕然一新，至少在目前的处境下，他们已经尽力了。他宣布全体放一天假，然后拟订在这颗星球上第二个星期的工作计划。大部分船员都利用这个假期补眠。

当然，舰上的科学家都摩拳擦掌，既然在无意中闯入这里，何不趁机探索一下这片新天地。根据盖尼米得传来的雷达地图，这座岛有十五公里长，五公里宽，岛上的最高点只有一百米——有人担心，假如来场大海啸，这个高度实在不够逃命。

实在很难想象还有哪里比这座岛更荒凉、更不适合人居住。虽然半个世纪以来，欧罗巴上微弱的风雨不断，但覆盖其表面几乎一半的熔岩层一点都未被分解，冻岩之河上露出的花岗石也未被软化。但现在这里是他们的家，他们应该替它取个名字。

有人建议取个悲观的名字，例如冥府、地狱、阴间、炼狱等，但都被舰长否决，他希望有个快乐一点的名字。有人则异想天开地提出了一个充满堂吉诃德精神的名字，来纪念一位勇敢的敌人。经过认真的讨论之后，它以三十二票反对、十票赞成、五票弃权的结果被否决。也就是说，这个岛不会叫"玫瑰岛"了……

最后，"天堂岛"这个名称终于胜出，而且是全票通过。

44

坚 忍

"历史本身不会重演——历史场景却会一再重现。"

拉普拉斯舰长向盖尼米得做每日例行报告时，心里一直想着这句话。这是穆芭拉从宇宙号（目前正以每秒一千公里的速度赶来）发来的鼓励函里引用的一句话，他觉得非常高兴，立即将它转寄给所有的难友。

"请告诉穆芭拉小姐，她寄来的小小历史故事对提升士气非常有帮助，这是她送给我们最好的礼物……

"虽然舰上墙壁变地板，地板变墙壁，确实带来诸多不便，但与当年南极探险家相比，我们目前的生活算是豪华的。我们当中有些人听说过薛克顿的大名，但完全不知道当年'坚忍号'的壮举。他们被困在浮冰上一年多，在山洞里熬过南极的严冬，然后乘着没有遮蔽的船横渡一千公里的大海，再爬过一连串不知名的高山，最后抵达最近的人类聚落！

"这只是故事的开始而已。令我们感到不可思议——也深受鼓舞——的是，薛克顿曾四度回去搭救困在小岛上的手下，将他们全部救出！你可以想象，这个故事对我们有多大的鼓舞。我希望下次你能够将他写的书传真给我们，我们都迫不及待地想读它。

"假如他知道的话，不知作何感想！的确，我们目前的情况比昔日的探险家好太多了。说来很难相信，即使在上个世纪中，当他们消失于地平线时，立即与其余的人完全隔绝。我们现在经常抱怨光速不够快，不能与朋友实时交谈，甚至抱怨要等好几小时才收得到地球的响应，实在应该感到惭愧……他们通常好几个月（甚至好几年）音讯全无！再次向穆芭拉小姐致以最诚挚的谢意。

"当然，地球上的探险家比我们幸运得多，至少他们有空气可以呼吸。我们舰上的科学小组一直吵着要出去，我们为此将航天服服加以改进，能够在舰外撑到六个小时。在这里的大气压力下，他们不必穿整套的航天服，腰部以上的半套就可以了。我允许每次出去两人，只要他们不走出宇宙飞船视线之外。

"最后，今日气候报告如下。气压二百五十巴，温度维持在二十五摄氏度，正西风阵风每小时三十公里，云层覆盖率维持在百分之百，地震在无底限里氏强度一到三级之间……

　　"你知道，我从来就不喜欢'无底限'这个字眼，尤其现在艾奥又即将和我们交会了……"

45

任　务

　　每当有几个人一起来见他，通常不是有麻烦就是要他做出困难的决定。拉普拉斯舰长早就注意到小克里斯和范德堡经常花很多时间热烈讨论事情，张二副也常常参与。他很容易猜想他们在谈些什么，但当他们正式提出要求时，他仍然感到相当意外。

　　"你们想去宙斯山！怎么去啊？划船去？会不会是薛克顿的书看太多了？"小克里斯看起来有点尴尬，舰长一语中的。确实是南极的"南"给他的灵感，而且是多方的灵感。

　　"即使我们可以造一艘船，长官，时间恐怕来不及了……尤其现在，宇宙号应该十天以内就会到。"

　　"而且我不确定，"范德堡继续说道，"我敢不敢在这个加利利海上航行。并不是所有住在这海里的动物都已经获知我们是不能吃的。"

"所以说只剩下一种选择，对吧？我目前抱持怀疑的态度，但我很愿意听听你们的意见。请说吧！"

"我们已经跟张先生讨论过了，他认为这个方案可行。宙斯山离这里只有三百公里，用穿梭机不到半小时就可以飞到。"

"然后找个地方降落？我想你们应该还记得，上次张先生打算将银河号降落在那里，结果没有成功。"

"这次绝对没有问题，长官。穿梭机钟威廉号的质量只有我们宇宙飞船的百分之一，即使是当地的冰层也可能撑得住它。我们已经通过电视记录，找到十几个适合降落的地点。

"而且，"范德堡说道，"这次驾驶员没有被人用手枪指着，这一点很重要。"

"你说得没错，但最大的问题是在我们这边。你们如何将穿梭机从机库里弄出来呢？用吊车吗？即使以这里的重力而言，它也是满重的东西。"

"没那么麻烦！张先生有办法直接把它开出来。"

拉普拉斯舰长陷入沉思；不过一想到火箭引擎要在他的舰里发动，他显然不太愿意。这艘百吨级的穿梭机钟威廉号（大家比较习惯叫它"比尔·T"——比尔是威廉的昵称，T是钟的第一个字母）纯系为轨道上之运作而设计；在正常情况下，它不用发动引擎就可以很轻易地推出机库，而在离母船一段距离之后，才开始发动。

"显然你们事先都想好了," 舰长很不情愿地说道, "不过起飞角度怎么办? 该不会要我把银河号翻过来, 好让比尔·T直接往上冲吧? 机库是在侧面中间的地方, 幸好当初我们着陆时没有把它压在下面。"

"起飞角度必须与水平方向呈六十度, 启动穿梭机的侧引擎就可以了。"

"如果张先生说可以, 我当然相信他。不过发动引擎时, 不会损害宇宙飞船吗?"

"呃……当然机库内部会受损, 不过反正以后也不会再用到它。另外, 机库墙壁本来就有防意外爆炸的设计, 因此对宇宙飞船其余部分不会造成任何危险。我们会叫消防人员待命, 以防万一。"

这是个聪明的点子——毫无疑问。假如可行, 那么这趟任务总算没有白来。一个星期以来, 拉普拉斯舰长一直很忙, 几乎没有时间想宙斯山的问题; 其实他们会落得今天的下场, 都是宙斯山害的。之前他只想到如何继续活命的问题, 但现在出现了一丝希望, 因此有心情思考未来。他觉得冒点险去发掘真相是值得的——为什么这个小世界受到这么多关爱的眼神?

46

钟威廉号

　　"就我记忆所及，"安德森博士说，"当年高达德的第一枚火箭飞了大约五十米。我不知道张先生是否能打破这个纪录。"

　　"他最好能，否则我们的麻烦可大了！"

　　科学小组的人员大多聚集在观察舱里，每个人都焦急地沿着船壳的方向往后看。虽然从他们的角度无法看见机库的入口，但当比尔·T冲出来时，他们马上可以看到。当然，前提是它真的冲得出来。

　　没有老一套的倒计时。张先生好整以暇地做每一项测试工作，只要他觉得可以起飞，就起飞。这艘穿梭机的质量已经尽量减到最轻，而且所携带的燃料刚好足够飞行一百秒钟之用。如果一切正常，那已经够用。万一出了什么状况，多带的燃料不仅无益，反而危险。

"可以！"张先生悠闲地说道。

几乎像变魔术一样，每件事情都发生得很快，瞒过了大家的眼睛；没有人看到比尔·T从机库里冲出来，只见一团浓密的蒸汽。蒸汽散去之后，穿梭机已经在两百米外着地了。

观察舱内爆出一阵欢呼声。

"他办到了！"原代理舰长李先生大叫道，"他打破了高达德的纪录了——不费吹灰之力！"

比尔·T四只粗短的脚站在欧罗巴荒凉的地面，样子有点像当年的阿波罗登月小艇，但体积比较大，也比较难看。不过正在舰桥上观看的拉普拉斯舰长想的是另一回事。

他觉得他的宇宙飞船比较像一只搁浅的大鲸鱼，在陌生的外星环境中困难地生下小鲸。他衷心期盼这头小鲸能够存活下来。

忙了四十八小时之后，钟威廉号已经装载完成，绕着岛走了十公里，完成了检查，准备好上路了。这趟任务的时间仍然很充裕，根据最乐观的估算，宇宙号在三天之内是到不了的，而前往宙斯山一趟，包括范德堡博士布置一大堆仪器所需的时间，最多也不过六小时。

张二副将穿梭机停妥之后，拉普拉斯舰长立刻把他叫到舱房里。张先生见到舰长之后，发现他一副心事重重的样子。

"干得好！老张……不过这是预料之中的。"

"谢谢您！长官。您找我有什么事？"

舰长微笑着。一支融洽的团队里是不应该有秘密的。

"都是上级！我很不愿意扫你的兴，但上级来了项命令说，只有范德堡博士和二副小克里斯才可以出这趟任务。"

"我懂了，"张先生悻悻然回答道，"那你怎么回答他们？"

"我还没回答，所以才会找你谈一谈。我很想回答他们，你是唯一会驾驶航天飞机出这次任务的人。"

"他们知道这句话是胡说。小克里斯可以干得跟我一样好。只要机器不故障，驾驶航天飞机完全没有风险，而无论谁开飞机，都一样有可能遇到机器故障。"

"假如你坚持要去，我愿意替你争取。毕竟现在谁也奈何不了我——而且我们回地球之后都会变成英雄人物，没有人会再追究。"

张先生显然在心里细细盘算过，觉得这样的结果似乎也没什么不好。

"把一百公斤的载重换成燃料，可以让我们有余力做另一件有趣的事。我本来早就想说，但比尔·T实在没办法装载多出来的仪器，假如我们三个人都去的话……"

"你不说我也知道，'长城'对不对？"

"对！我们来回经过它一两次，就可以完全探知它究竟是什么玩意儿。"

"我认为这个点子不错，只是我不知道该不该靠近它，到时恐怕会遇上倒霉事。"

"也许吧！不过我去那边还有另外一个理由。对我们之中某些人而言，这是个更重要的理由……"

"愿闻其详。"

"是钱学森号。它距离长城只有十公里远，我们想在那边献束花。"

原来船员们严肃地讨论的话题就是这件事。这已经不是第一次了，拉普拉斯舰长真希望多懂一点中文。

"我了解，"他肃穆地说道，"让我考虑一下，并且和范德堡以及小克里斯谈谈，看他们的意思。"

"上级那边呢？"

"去他的上级！这里由我做主。"

47

满地碎片

"你们最好快一点，"盖尼米得的指挥中心一直催促着，"下一次的交会将是很严重的一次，我们这边和艾奥那边都会引发许多次地震。我不想吓唬你们，不过假如我们的雷达没搞错的话，你们那座山又比上次测量时下沉了一百米。"

范德堡心想，按照这个速率，不到十年，欧罗巴将会回复最初的平坦状态。在这里，每件事的变化都比地球上快得多，难怪这个地方很受地质学家的青睐。

现在他坐在小克里斯的后座，也就是二号位置，绑上安全带，四周是他所有仪器的操作面板。这时，他的心情既兴奋又有点遗憾。不到一个小时，他一辈子的知识追求将要画下句点——无论结果是什么。以后再也没有任何一件事可以与之比拟。

他没有丝毫恐惧感。他完全信赖人和机器。不过他却有一种意外的奇异感觉，即感谢已故的罗茜。假如没有她，他永远没有这个机会，也许就此一辈子也得不到答案。

载满装备的比尔·T在重力仅0.1G的环境下勉强起飞，它本来就不是用来做这种事的，不过在卸下货物之后，回程情况应该好得多。它折腾了老半天，感觉上好像过了好几个世纪，才好不容易爬离银河号。因此，他们有足够的时间看到船壳上的损坏情形，以及偶然出现的酸雨所造成的腐蚀痕迹。当小克里斯忙着起飞时，范德堡则因地利之便，简要地向宇宙飞船报告船壳的状况。这个动作虽然是无心之举，但事后却发现是正确的，因为以后谁也不会再关心银河号是否适合太空飞行。

现在他们看到整座天堂岛在下面伸展开来，范德堡这才发现当初代理舰长弗兰克·李登岸时驾驶技术有多高明。整座岛的四周只有少数几处地点可以安全登岸。虽然其中有很大的运气成分在内，但李先生巧妙地利用风向和海锚，仍然功不可没。

一团云雾突然笼罩在四周，比尔·T以"半弹道轨道"爬升，将空气后曳力降到最低。足足有二十分钟之久，除了云雾之外看不见任何东西。范德堡心想：好可惜！我知道下面有很多有趣的动物游来游去，别人是无缘看到的……

"即将关掉引擎，"小克里斯说道，"一切正常。"

"很好！比尔·T。在你们的高度没有其他飞行器。降落跑道上你们仍然排第一。"

"是谁开的玩笑？"范德堡问道。

"是我罗尼·林。信不信由你，'跑道上排第一'的应该是最初的阿波罗。"

范德堡很清楚为什么有人开玩笑。当人们从事某些复杂或可能有危险的事情时，都需要一点幽默来化解紧张。只要玩笑别开过头就好。

"十五分钟后开始刹车，"小克里斯说道，"让我们瞧瞧，还有谁在频道上。"

他启动自动扫描，无线电选台器迅速地由低频往上扫描，一一排除不相干的频道，小小的机舱里回荡着一连串的哔哔声和呼啸声，夹杂着短暂的寂静。

"这些都只是附近的导航信号和数据传输，"小克里斯说道，"希望能找到……啊！有了！"

这是个模糊的音乐声，像是疯狂的女高音以颤声忽高忽低快速地唱着。小克里斯瞄了一下频率表。

"多普勒频移几乎消失了……它正迅速减慢。"

"那是什么东西？文字信号？"

"我想那是慢速扫描视频。他们正利用盖尼米得上巨大的碟形天线将许多数据传回地球，目前它的位置刚好适当。地球上所有新闻网都吵着要我们这边的新闻。"

他们聆听那催眠式的、无意义的声音几分钟之后，小克里斯就把它关掉了。虽然没有借助机器无法听懂宇宙号传来的信息，但不想也知道信息的内容。救援即将到来，而且马上会到。

或许只是为了打破沉默，或者是纯粹好奇，范德堡装作若无其事地问道："最近有没有跟令祖父通过话？"

当然，行星之间的距离这么远，"通话"似乎是个错误的词儿。不过到目前为止，还没有人想出更适当的字眼。无论是语音电报、语音邮件或语音卡，都曾风行一时，但最后都无疾而终。即使到现在，还是有很多人不相信，在太阳系广袤的空间里，实时的对话是不可能的。因此常常听到有人不满地抗议道："你们这些科学家为什么不想想办法呢？"

"有，"小克里斯说道，"他身体还很硬朗，我希望能跟他碰个面。"

他的声音里有一点紧张。范德堡心想："我很怀疑他俩上次是什么时候碰面的。"不过他知道这么问很冒昧。接下来的十分钟，他和小克里斯一起预演卸货和装配的各项手续，以免着陆之后发生不必要的慌乱。

小克里斯启动程序排序器之后不到一秒钟，"开始刹车"的警示灯旋即熄灭。范德堡心想：现在一切都在我掌控之下，我可以轻松地专注我的工作。咦，照相机呢？搞不好又飘到哪儿去了……

云雾开始散去。虽然雷达很清楚地显示下方的情况，与直接目视一样真实，但当山的真面目在数公里外隐然出现时，景象仍然令人震撼不已。

"看哪！"小克里斯突然大叫，"看它的左上方——双峰的旁边——你猜那是什么！"

"我想你说对了。我认为那不是我们撞坏的，是它自己迸裂的。不知道另外一艘撞到哪里……"

"高度一千米。要降落在第几号位置？从这里看起来，第一号位置好像不太好。"

"你说对了……试试第三号位置，反正它离山比较近。"

"五百米。这里是第三号位置。我先绕个二十秒钟，假如你不中意，我们就转到第二号位置。四百米……三百米……两百米……（'祝你们好运，比尔·T。'银河号说道。）谢了，罗尼……一百五十米……一百米……五十米……怎么样？只有一些小石块，还有……怪了……到处都是像玻璃碎片的东西。有人在这里举行过疯狂派对似的……五十米……五十米……还好吧？"

"好极了。下去。

"四十米……三十米……二十米……十米……你确定不再变了？……十米……扬起一些灰尘，就如尼尔当年说的……还是巴兹说的？……五米……着地！简单，对吧？不知道他们为什么还特地为此付我们薪水。"

48

露西在此

"你好！盖尼米得指挥中心。我们——我是说小克里斯——已经成功降落在一块某种变质岩的表面上，它可能跟我们所称的'天堂岛石'一样属于拟花岗石。这里距离山脚只有两公里，不过我已经看出不需要再靠近一些……

"我们现在正套上航天服的上半部分，并且在五分钟之后开始卸下装备。当然，监视器会一直开着，而且每隔十五分钟通话一次。范德堡通话完毕。"

"你说'不需要再靠近一些'是什么意思？"小克里斯问道。

范德堡笑得牙齿都露出来了。在过去的几分钟里，他似乎年轻了好几岁，看起来像个无忧无虑的小男孩。

"Circumspice，"他愉快地说道，"这个拉丁文的意思是'看看四周'。让我先把大摄影机拿出来……哇！"

比尔·T突然晃了一下，然后在避震器的缓冲下，颠簸了好一阵子。假如这样的运动再持续几秒钟，保证马上让人晕头转向。

"盖尼米得说这里会有许多地震，果然没错。"惊魂甫定之后，小克里斯说道，"会很危险吗？"

"大概不会。距离交会还有三十个小时，而且这块岩石看起来还蛮结实的。不过我们还是不要浪费时间为妙，幸好我们时间还算充裕。我的面罩戴正了吗？感觉上不太对劲。"

"让我把带子绑紧一点。这样好多了。深深吸一口气——好，现在很好了。我先出去。"

范德堡本想抢先踏出他的"一小步"，但小克里斯是指挥官，查看比尔·T是否完好——而且是否可以随时起飞——是他的职责。

他在小宇宙飞船四周绕了一圈，检查着地支架，然后向范德堡比了个拇指向上的手势，范德堡才爬下阶梯和他会合。虽然他所带的轻便型呼吸器和当初探勘天堂岛时的一模一样，但还是觉得怪怪的，因此停在降落台上做了一些调整。然而他抬头一看，发现小克里斯正在检视一些玻璃状的石头。

"不要碰！"他大吼道，"那很危险！"

小克里斯立刻足足跳开了一米远。在他外行人的眼里，那些东西不过像是从一件大型玻璃窑里烧出来的劣质产品。

"它没有放射性，对吧？"他忧心忡忡地问道。

"没有是没有，不过离远一点，等我过去。"

令小克里斯惊讶的是，范德堡居然戴着一双厚厚的手套。身为宇宙飞船的高级船员，小克里斯也是经过很久才习惯了一件事：在欧罗巴上可以将皮肤暴露在大气中，而不会有任何危险。在整个太阳系里，没有其他地方可以这么做，连火星都不行。

范德堡小心翼翼地弯下身子，捡起一片长条形的玻璃物质；即使在这里的漫射光线下，它仍然发出奇异的光芒。小克里斯发现它的边缘非常锐利，锐利得有点邪恶。

"这是宇宙中最利的刀子。"范德堡得意地说道。

"我们辛辛苦苦来这儿，就为了找一把刀子？"

范德堡笑了，但旋即发现在面罩里笑很不舒服。

"原来你还搞不清楚这是怎么回事啊。"

"我现在才发觉只有自己还被蒙在鼓里。"

范德堡抓住小克里斯的肩膀，然后将他扳转过去面对宙斯山隐然的身影。从这个距离看去，它遮蔽了半个天空——不但是整颗星球上最高的山，而且是唯一的。

"先欣赏一分钟。我有个重要的电话要打。"

他在计算机通信器上敲入一串密码，等"待命"的标示灯开始闪烁之后说道："盖尼米得指挥中心幺洞九，听到请回答。"

范德堡停了一下，细细品尝这一生难忘的一刻。

"请联系地球'锯齿叔叔拐三拐',将如下信息转接过去：露西在此。露西在此。以上信息，请复诵。"

当盖尼米得那边在复诵时，小克里斯心里也想着：也许我应该阻止他传送那则信息，不管它是什么意思。不过现在已经太迟了，不到一个小时它就会传到地球。

"很抱歉我这么做，小克里斯。"范德堡笑道，"别的不说，我必须争取优先权。"

"除非你马上给我解释清楚，否则我会用一把这种特制的玻璃刀将你碎尸万段。"

"玻璃，是挺像的！嗯，以后我一定会解释清楚——说来很玄，而且很复杂，因此我现在直接告诉你事实。

"整座宙斯山是一颗钻石，质量大约有一百万个一百万公吨。假如你喜欢换个说法，这大约等于二乘十的十七次方克拉。但我无法保证它的宝石等级。"

VII

长城

49

神龛

当他们将仪器设备从比尔·T卸下，并且在狭小的花岗石降落台上组装时，小克里斯的双眼几乎完全被高耸在面前的山所吸引，无法移开。一颗完整的钻石，比珠穆朗玛峰还大！嘿！散落在穿梭机四周的碎片一定价值数十亿，而不只是数百万……

不过话又说回来，它们的价值也许没有比——比如说玻璃碎片——高多少。钻石的价格通常是由生产者和贩卖者控制。如果有一颗像山那么大的钻石突然出现在市场上，价格肯定会完全崩盘。现在小克里斯终于了解了，为什么有那么多利益集团一直垂涎欧罗巴，因为它在政治上和经济上的效益实在太大了。

既然真相已经大白，范德堡又恢复其热心和单纯的科学家本性，迫不及待地想完成他的实验。在小克里斯的协助之下，他们从比尔·T拥挤的机舱里将仪器搬出来——有些较大的家伙实在不好搬——然后用可携式的电钻钻出一条一米长的地质样本，并且小心翼翼地将它带回穿梭机里。

小克里斯本来有一套自己的行动优先次序，但他觉得先把较难的工作做完比较妥当。因此，他们先把一系列的地震仪排列好，并且将一部广角摄影机在一个稳定的三角架上架好，然后范德堡才不顾形象地开始搜括散布在四周的无价之宝。

"至少，"他一面小心选择一些比较不锐利的碎片，一面假惺惺地说道，"它们可当作很好的纪念品。"

"小心罗茜的同伙把我们宰了，抢走钻石。"

范德堡狡黠地望着他的伙伴，心里猜测着，小克里斯究竟知道了多少。或者，和其他那些人一样，究竟猜对了多少。

"一旦这个秘密走漏，他们就不用那么费劲！不要一小时的工夫，股票交易所的计算机就要开始抓狂了。"

"你这坏蛋！"小克里斯说道，语气只有赞许而无恶意，"原来刚才你传回去的信息就是跟这个有关啊？"

"法律并没有规定科学家不可以借机谋点小利吧？况且，我并未透露那些乱七八糟的细节给地球上的朋友们。坦白说，我对目前我们正在做的事情比较感兴趣——请把那把扳手递给我……"

他们的"宙斯测量站"还没装设完毕，已经发生了三次强烈地震，每次都震得他们东倒西歪。首先感觉到脚下有一阵震动，然后每样东西都开始摇晃——然后是一阵恐怖的长啸声，从四面八方传来。最令小克里斯惊讶的是，那声音是从空气中传来的。其实，四周的大气已经足够他们不须透过无线电话作近距离交谈，但他还是不太适应这个事实。

范德堡一直向他保证，这些地震还不至于造成损害，但小克里斯已经学聪明了，不随便相信所谓专家的意见。不过这次，这位地质学家倒说得很对，只见比尔·T站在避震器上摇摆，像暴风雨里的一条船。小克里斯希望范德堡的预言正确性至少能再持续几分钟。

"大致上差不多了，"这位地质学家终于宣布，这让小克里斯松了一口气，"盖尼米得那边已经顺利收到所有频道的信号。电池也可以持续使用好几年，太阳能面板可以不断给它充电。"

"这套东西如果能撑个一星期就不错了！"小克里斯说道，"我敢打赌，自从我们降落到现在，这座山已经在动了。趁它压到我们以前赶快溜吧。"

"我比较担心的是，"范德堡笑道，"起飞时的喷气会把这些东西弄坏。"

"不会的！我们距离那么远，而且已经卸下了那么多东西，起飞时只需一半动力就行了——除非你想多载价值几十亿或几兆的钻石。"

"我们别那么贪心。况且，我们回地球之后，这些东西能值多少钱都还是个问题。当然，大部分会被博物馆搜括去。然后会怎样？天知道。"

小克里斯的十指在控制面板上飞快地按来按去，同时频频与银河号交换信息。

"第一阶段任务已经完成。比尔·T准备起飞。飞行计划照旧。"

拉普拉斯舰长开口回答，他们一点也不意外。

"你们已经决定要走了吗？记住，最后决定权在你们。无论你们如何决定，我都会支持你们。"

"是，长官！我俩都很高兴，我们也知道全舰弟兄会怎么想。此次的科学成果可说是非常丰硕——我俩都很兴奋。"

"慢着……我们还在等你们有关宙斯山的报告哩！"

小克里斯望着范德堡，范德堡一面耸耸肩，一面拿起麦克风。

"舰长，假如我们现在说出来的话，你会以为我们疯了，或以为我们在唬你。请稍等几个小时，我们回去之后再说，我们将带回相关的证据。"

"嗯，现在命令你们说出来也没什么意思，对吧？总之，祝你们好运。还有，老板有交代——他认为去钱学森号那边看一下也不错。"

"我就知道劳伦斯爵士一定会答应的，"小克里斯向范德堡说道，"不管怎么说，既然银河号任务完全失败，比尔·T再怎样也算不上什么损失了，你说是吧？"

范德堡虽然不太同意，但他了解小克里斯在想什么。他不以获得了科学上的成就为满足，而希望能进一步享用这项成果。

"噢，对了！"小克里斯问道，"露西到底是谁？是指特定的某个人吗？"

"就我所知，不是。我们是在研究计算机时偶然遇到她的，我们发现露西（Lucy）这个名字很适合做密语，听到的人都会误以为它跟太隗（Lucifer）有什么关系——虽然真的有点关系。

"我以前从来没听说过什么'披头士'，但在一百年前确实有这么一支流行乐团。至于为什么取这种怪名字，你就不要问我了！他们曾经写了一首歌，歌名也一样怪：《露西在缀满钻石的天空中》。有够玄吧？仿佛他们早就知道……"

根据盖尼米得的雷达探测，钱学森号的残骸位于宙斯山西方约三百公里处，也就是朝着所谓"微明区"的方向，再过去就是一片酷寒的大地。虽然终年酷寒，但并不黑暗，大约有一半的时间都被遥远的太阳照亮着。但即使在漫长的欧罗巴白天将尽之时，温度也远低于水的冰点。由于液态水只存在于面向太隗的半球上，因此这片中间区域终年都在暴风雨之中，雨、雪、冰、雹相互较量，互比威力。

在钱学森号降落失事以来的半个世纪中，这艘宇宙飞船的残骸已经移动了将近一千公里。它和银河号一样，一定曾经在新形成的加利利海里漂流了好几年，然后搁浅在目前这片不蔽风雨的荒凉海岸。

当比尔·T横越欧罗巴，以水平姿态飞近其第二段航程的终点时，小克里斯立即听取雷达回音。他非常纳闷，这么长的物体，其回音频号竟然这么微弱。等到他们破云而出后，才恍然大悟。

当年第一艘降落在木卫上的载人宇宙飞船钱学森号，其残骸现在躺在一座小小的圆形湖泊里。这座湖泊显然不是天然形成的，而且有一条水道通往不到三公里外的海里。残骸只剩下一副骨架，其他的东西都被剥了个精光。

是谁干的好事？范德堡自问。那边根本没有任何生命存在的迹象。整个地方看起来似乎已经被弃置多年，但他坚信一定有某种东西将残骸刮得一干二净，手法有如外科手术般熟练、精准。

"在这里降落应该很安全。"小克里斯说道，并且等了几秒钟，才取得范德堡心不在焉地点头同意——这位地质学家正拿着摄影机，看到什么就拍。

比尔·T在湖泊边停放妥当之后，他们隔着又冰又黑的湖水遥望着那座人类探险的里程碑。看来似乎没有方便的方法可以去往那边，但其实也无所谓。

他们穿上航天服，手捧花圈走到水边，在摄影机前肃穆地静立片刻，然后将这个代表银河号全舰人员心意的花圈丢入水中。尽管这个花圈是用金属箔、纸和塑料等现成的材料拼凑而成，但不论是花或叶都做得惟妙惟肖，非常漂亮，上面还缀满短笺和献词，其中有许多不是用罗马字母写成的，而是一种古老的、正式场合已经不用的文字。

当他俩走回比尔·T时，小克里斯若有所思地说道："你有没有注意到，几乎没有金属留下来，只有玻璃、塑料、合成纤维等。"

"那些肋材和横梁呢？"

"都是合成物，大多是碳和硼。这里有人偏好金属，并且一看就知道那是好东西。真有意思……"

确实很有意思，范德堡心想。在一个没有火的世界里，几乎不可能制造出金属和合金，因此金属非常珍贵——几乎和钻石一样珍贵……

当小克里斯向基地回报，并且收到张二副和其他船员的感谢函时，他将比尔·T拉到一千米的高度，并且继续向西飞行。

"这是最后一段航程，"他说道，"不必再爬升了，我们将在十分钟之内到达。不过我不降落。假如'长城'是正如我们所料的东西，我想最好不要降落为妙。我们将快速掠过它，然后回家。请把所有摄影机都准备好，这里可能比宙斯山还重要。"

接着，他对自己说道："也许我马上会体会老祖父五十年前在这附近时的感受。以后碰面时——假如没什么意外，一个星期之内就要碰面了——我们将有的聊了。"

50

空　城

"好恐怖的地方！"小克里斯心想，"除了冰雨、暴风雪，以及偶尔一瞥的冰雪世界之外，什么也没有……唉！跟这里比较起来，天堂岛简直就是热带天堂！"不过他很清楚，沿着欧罗巴曲面继续飞行在仅仅几百公里的永夜面上，情况更糟。

但出乎意料，当他们抵达目的地时，天气突然变得非常晴朗，云层完全不见了，正前方出现一堵巨大的黑墙，高度几乎有一千米，刚好挡在比尔·T的飞行路径上。这堵墙太巨大了，因此附近的气候显然受到了它的影响。不断吹拂的风被它一挡，便绕道而过，在其背风面形成一个局部的无风带。

一眼就认得出来，这就是当初那块巨石板。它的基部有好几百座半球形的建筑物，在低垂的太隗（以前的木星）照射下，闪耀着鬼魅般的白色光。小克里斯心想，它们看起来很像老式的市集，不过是用冰雪做成的，它们的模样唤起了昔日地球上的许多回忆。范德堡比他抢先一步想到。

"爱斯基摩冰屋！"他说道，"相同的问题——相同的解决办法。这里除了岩石没有其他的建材，但岩石很难处理。而且，这里的低重力帮了大忙——有些拱形屋顶非常大。我不知道里面住的是什么东西……"

他们距离很远，看不出在这星球边陲地区的小城市里，街道上有什么东西在走动。不过靠近一看，才发现里面根本没有街道。

"这里是冰造的威尼斯，"小克里斯说道，"只有冰屋和水道。"

"我们早该料到，"范德堡回答，"它们是两栖动物。不过它们跑到哪儿去了呢？"

"可能被我们吓跑了。比尔·T的外面比里面要吵得多。"

范德堡忙了好一阵子，一边摄影，一边还要向银河号报告和回答问题；然后他说道："我们不可能没跟它们接触就一走了之。你说得对，这里比宙斯山重要得多。"

"也可能危险得多。"

"我看不出有任何高科技的迹象——更正！那边有个东西，像是20世纪的老式雷达碟形天线！你能再靠近一点吗？"

"去当枪靶子？谢了，免谈！况且，我们的滑翔时间快用完了，只剩下十分钟——假如你还想回去的话。”

"我们不能降落一下，到处看看吗？那边岩石上有一小片空地。它们究竟死到哪里去了？"

"被吓坏了，就像我。剩九分钟。我将来回飞越城市上空一趟。你尽量拍照——是，银河号，我们很好，只是目前很忙，等会儿再联系。"

"我现在才发现，那不是什么雷达，而是跟雷达一样有趣的东西。它正对着太隗——是个'太隗灶'！这里的恒星永远不动，而且也无法生火，用这个玩意儿是理所当然的。"

"剩下八分钟。大家都躲在室内，真伤脑筋！"

"也许都躲到水里去了。我们能不能将那间四周有空地的大建筑物看个仔细？我想那间应该是市政厅。"

范德堡指着一座建筑物，比其他都要大得多，设计也截然不同。它是由一群直立的圆柱体构成，很像是一排超大型的风琴管。而且，它的表面也不像其他冰屋那样一片泛白，而是很复杂的斑驳色彩。

"欧罗巴艺术！"范德堡大叫道，"那是一种另类的壁画！靠近一点！靠近一点！我们必须做个记录！"

小克里斯乖乖地降低——降低——再降低。他似乎已经完全忘了刚才对于滑翔时间的预告。范德堡悚然一惊，他发现小克里斯正打算着陆。

这位科学家将视线从高速逼近的地面移向身旁的驾驶员；只见他虽然仍旧完全掌控比尔·T，但似乎已经进入催眠状态，他的双眼死盯着穿梭机正前方的某一点。

"到底是怎么回事，小克里斯？"范德堡大吼道，"你想干什么？"

"没事。你看到他了吗？"

"看到谁啊？"

"站在最大支圆柱体旁的那个人。你看他没有戴上任何呼吸装备！"

"少白痴了，小克里斯！那边根本没人！"

"他正翘首看着我们哩！他在挥手！我想我认识——噢！天哪！"

"那里没人了——没人！快拉高！"

小克里斯根本不理。他非常冷静、非常专业地将比尔·T做个完美的降落，并且在着地前的一刹那，分秒不差地关掉引擎。

他巨细靡遗地检视所有仪表的读数，然后一一启动保险开关。当他完成整套的降落手续之后，才再度往窗外望出去，脸上充满既疑惑又快乐的表情。

"你好，祖父！"他轻声地说道。但范德堡连个鬼影也没看见。

51

幻　影

　　即使在最恐怖的噩梦里，范德堡博士从未想过会降落在这么险恶的地方，而且和一个疯子挤在狭小的太空舱里。还好，小克里斯似乎没有暴力的迹象。或许可以好言劝他再度起飞，安全返回银河号……

　　他仍然望着空无一物的地方，嘴巴偶尔念念有词，仿佛在与人做无声的对话。这座外星城市仍然空无一人，让人很容易想象它好像已经废弃了好几个世纪。不过，范德堡立即发现了一些无法遮掩的迹象，显示这里最近还有人住过。虽然比尔·T的火箭引擎将附近的一层薄雪吹走，但小广场其余的部分仍然覆盖在粉末状的雪花之下。它仿佛是从一本书被撕下的一页，上面满是符号和象形文字，其中有些他看得懂。

他可以看出，曾经有个笨重的东西被拖往那个方向，也有可能它是靠自己的力量笨拙地拖行。一座冰屋现在关着的入口处，有一条显然是轮子碾过的痕迹延伸出来。另外有一个小物体，似乎是被丢弃的空罐子，不过距离太远，看不清楚细节。看来欧星人和地球人一样，有时不太有公德心……

这里有生命存在是毋庸置疑的。范德堡觉得自己正被一千只眼睛注视着——或被其他什么感官侦测着。而且他无法猜出在那些眼睛背后的个体是敌是友。也许它们根本不在乎，只是在等着入侵者离去，继续过它们的神秘生活。

小克里斯再度对着空无一物的空间说话。

"祖父再见！"他平静的语气中带有些微的伤感。接着，他转向范德堡，以正常的语调说道："他说我们该走了。我猜你一定认为我疯了。"

范德堡觉得否认才是上策。无论如何，他立刻有其他的事要忙。

小克里斯焦急地望着比尔·T的计算机所提供的数据，以抱歉的口吻说道："对不起，老范！刚才降落时用掉了太多燃料，比我预估的还要多。我们必须改变任务内容。"

范德堡心凉了一截，他知道这是一种婉转的说法，真正的意思是："我们回不了银河号了。"他很想破口大骂："去你的老祖父！"但他强忍了下来，只淡淡地说道："现在该怎么办？

小克里斯一面研究航图，一面键入更多数据。

"我们不能留在这里——（'为什么？'范德堡心想，'假如难逃一死，我们应该利用剩余时间尽量多了解这里。'）所以必须找个适当的地方，让宇宙号的穿梭机比较容易救人。"

范德堡心里暗暗松了一大口气。他觉得自己好笨，怎么没想到这个。他觉得自己像一个快被送上断头台的人，突然听到了暂缓执行的宣告。宇宙号应该会在四天之内抵达欧罗巴。比尔·T的设备虽然简陋，但待在里面是上上之策。

"远离这个鸟天气……找到一片平坦、坚固、离银河号较近的地面……应该没有问题。只是不知道这么做有没有用。我们剩余的燃料足够飞行五百公里——但不够让我们冒险渡海。"

有一阵子，范德堡不免想到宙斯山，那边也许有可以做的事。但是扰人的地震（随着艾奥逐渐与太隗排成一直线，情况越来越严重）让他们一筹莫展。他很怀疑那些仪器还能不能用；目前的问题处理完之后，应该再去检查看看。

"我将沿着海岸飞往赤道，无论如何，那是穿梭机的最佳降落地点。雷达地图显示，在海岸以西约六十公里的内陆，有一些平坦的区域。"

"我知道，那儿叫作马萨达高地。"（而且，范德堡心想：也许这是个意外的好机会，可以多做一些探测，千万别错过……）

"高地到了。威尼斯再见！祖父再见！"

刹车火箭的闷吼声停息之后，小克里斯最后一次锁定发射线路，松开安全带，然后在比尔·T的狭窄空间中尽情地伸展四肢。

　　"这里的景色还不赖——就欧罗巴来说。"他愉快地说道，"我们还有四天的时间，体验一下穿梭机的口粮是否像传说中那么烂。好了！咱们谁先发言？"

52

长沙发上

"真希望我学过一点心理学，"范德堡想道，"这样我就可以发掘他的幻觉里的各项参数。不过现在看起来，他似乎还蛮正常的——除了那件事之外。"

虽然在六分之一G的环境下，任何座椅坐起来都很舒服，但小克里斯却将座椅倾斜到最大限度，然后在头的后方拍了拍手。范德堡突然回想起，这正是昔日病人接受弗洛伊德心理分析时的标准姿势。这种方式直到现在都没被完全淘汰。

他希望对方先开口。部分原因是出于好奇，不过最主要的是，他觉得如果小克里斯能早一点结束这场胡闹，就可以早一点痊愈——不痊愈也无妨，至少不会伤人。但事情似乎没那么乐观：他本来一定有某种非常严重的、根深蒂固的问题，才会出现这么强烈的幻觉。

令人困惑的是，小克里斯居然完全同意他的看法，并且还做了一番自我诊断。

"我的船员心理测验结果是最高等级的A1+，"他说道，"也就是说，他们甚至允许我看自己的档案——只有百分之十的人可以这么做。所以我也跟你一样纳闷——我确实看到了我的祖父，而且他确实对我说了话。我从来不相信有鬼——谁会相信？——但这件事表示他已经死了。我很希望能多了解他——一直很期待即将到来的会面……不过，现在我倒想起了一些事……"

范德堡迫不及待地问道："告诉我，他究竟说了什么？"

小克里斯笑着答道："我的记性不是很好，无法记得每字每句，而且当时我简直吓呆了，因此更无法告诉你全部的内容。"他顿了一下，脸上出现专注的表情。

"怪了！现在回想起来，我们当时好像没有用语言沟通。"

"更糟了！"范德堡心里暗叫不妙，无论心电感应还是死后复活都这么荒诞无稽。不过他只回答道："这样吧！请告诉我，你们……呃……谈话内容的梗概。记得吧？你从来都没向我提过。"

"对。他说了诸如'我想再跟你会面，我目前生活很愉快。我相信每件事情将会很顺利，宇宙号将会马上来救你们'之类的话。"

范德堡心想：这是典型的"鬼"话，了无新意，也没有实质的用途，只是反映听者的希望和恐惧罢了——可说是反映潜意识的零信息……

"请继续说。"

"然后我问他其他的人呢？这个地方为什么被废弃？他笑了一笑，然后给了我一个莫名其妙的答案，到现在我还搞不懂它的意思。他好像是说：'我知道你没有敌意，但当我们看到你们降落时，几乎来不及发出警讯。所有的×'——这里他用了一个字，我虽然记得这个字，但不会发音——'只好逃到水里去——必要的话，它们逃得蛮快的！在你们离去之前，以及在毒物被风吹散之前，它们是不会出来的。'他是什么意思？我们排放的气体是纯净的水蒸气——而且它们的大气绝大部分也是水蒸气啊！"

嗯！范德堡心想，好像没有一个定律说，幻觉（或任何比做梦还玄的东西）必须符合逻辑。或许所谓"毒物"正是代表小克里斯内心深处某种无法面对的恐惧——尽管他的心理评等非常优异。无论那个恐惧是什么，我并不想知道。至于说毒物嘛……伤脑筋！比尔·T的燃料是从盖尼米得运到轨道上的纯蒸馏水……

等一下！当它从排气管排出时，温度是多少呢？我好像在什么地方读过……

"小克里斯，"范德堡小心翼翼地说道，"水经过反应器之后，是不是全部以水蒸气的形态排放出来？"

"不然呢？哦！假如引擎温度太高的话，会有百分之十到十五的水蒸气分解成氢和氧。"

氧！虽然穿梭机里是舒适的室温，但范德堡突然打了个寒噤。小克里斯一定不知道，刚才无心的话里究竟有多大的含意，因为这个知识完全在他正常的专业范围之外。

"你知道吗？小克里斯。对地球上所有的原始生物，以及生活在类似欧罗巴之大气中的生物而言，氧是一种致命的毒物？"

"你真爱说笑。"

"我没有说笑，在高压之下甚至对我们而言，它也是毒物。"

"这我知道，潜水课程里面有教过。"

"你的……祖父……说的话是有意义的。我们好像洒了一堆芥子气在那座城市里。嗯！没那么糟——氧气散得很快。"

"现在你总算相信我了吧？"

"我没说过不相信你。"

"相信的话，你也是个疯子啰！"

这句话打破了紧张的气氛，他俩开怀地笑成一团。

"你还没告诉我，他当时穿着什么衣服。"

"一件旧式的晨袍，就像我小时候看到的那种。看起来好像蛮舒适的。"

"能讲得详细一点吗？"

"你这么一说，倒让我想起来了——他看起来年轻了许多，而且头发也比最后一次见面时多。所以我认为他……怎么说？……不是本人，而是像计算机影像或合成全息影像之类的东西。"

"又是那块石板搞的鬼！"

"没错！我也是这么想。你记得鲍曼如何在列昂诺夫号上向我祖父显现的吗？也许这次轮到他了。问题是他为什么要这么做。他没有做任何警告，或提供任何特殊的信息，只是想跟我道别和祝福……"

说到这里，气氛变得有点尴尬，小克里斯的脸皱成一团。不久，他的情绪逐渐恢复，向着范德堡微笑。

"我已经讲太多了。现在轮到你讲了，请你解释一下，那颗数百万乘数百万吨的钻石究竟在这个几乎全由冰和硫黄组成的世界干什么。希望不是件坏事。"

"当然不是坏事。"范德堡博士说道。

53

压力锅

"当我还在亚历桑那州弗拉格斯塔夫镇念书的时候,"范德堡开始说了,"偶然看到一本古老的天文学书,里面说:'我们的太阳系是由太阳、木星及各式各样的碎片构成的。'用碎片来形容地球确实适当,对吧?但对其他三颗气体行星——土星、天王星和海王星——则有欠公允,因为这几颗巨星几乎有木星的一半大。

"不过我还是从欧罗巴说起。你知道,在太隗开始将它暖化之前,它的表面是一片平坦的冰原,最大高度只有几百米。在冰原融化之后,许多水移动到永夜面,并在那里重新冻结,此时情况也没多大改变。从2015年——人类开始对它做详细的观测——至2038年,整颗星球上只有一个最高点,现在我们已经知道那是什么了。"

"我们确实已经知道。然而，虽然我亲眼目睹，但仍然无法将那块石板描述为'长城'！我看到的它都是直立状态，或者自由地在太空中飘来飘去。"

"我想我们已经见识到，它想做什么就可以做什么——任何我们想象得到的，或超乎我们想象的事情。"

"嗯！在2037年时，恰好在人类观察它的时间空当中，欧罗巴上发生了一件事，于是高达十公里的宙斯山突然出现！"

"假如是火山的话，在短短的几个星期里不可能长得那么高。况且，欧罗巴并不像艾奥那么活跃。"

"我认为它已经够活跃了，"小克里斯嘟哝道，"你有没有发觉刚才在地震？"

"另外，如果它是一座火山的话，一定会喷出大量的气体，散布于大气中。它是有一些变化，但都不足以支持这类理论的解释。它的确很神秘，但由于我们害怕太靠近它，而且一直忙着自己的事，因此除了杜撰一些无奇不有的理论之外，根本是一筹莫展。结果，这些理论都是幻想性有余而真实性不足……

"2057年时，在一个偶然的机会里，我开始对它起疑，但一连好几年都没有认真深入探讨。然后证据越来越明显——不但一点也不诡异，而且完全可信。

"不过在完全相信宙斯山由钻石构成之前，我必须提出一个理论解释它。对一个真正的科学家——我认为我就是其中之一——而言，除非找到理论解释，否则没有一件事是真正上得了台面的。这个理论到头来可能是错的——通常是如此，至少在某些枝节上是这样，但它必须能提供一个可行的假说。

"正如你刚才所说的，在冰和硫黄的世界里的一颗百万乘百万吨的钻石，可说是个小小的解释。当然！现在真相已经大白，我觉得自己怎么那么笨，为什么几年前没想到。假如早就想到，也许就可以避开许多不必要的麻烦，而且至少可以挽救一条人命。"

他心事重重地停了一下，然后突然问小克里斯道："有人向你提起保罗·克罗伊格博士这个人吗？"

"没有。为什么这么问？当然，我听说过他。"

"我只是在怀疑。一直有些奇怪的事情发生，我不知道我们是否能找到所有的答案。

"无论如何，它现在已经不是秘密，所以这些都不重要了。两年前我曾经将一份机密数据送到保罗那边去。喔，抱歉！我忘了告诉你，他是我舅舅。我将我的发现摘要给了他。我问他是否可以找到一个解释，或提出反驳。

"没多久，他就从计算机网络上获得了所要的数据。不过很遗憾，也许他不够小心，也许有人在监视他的网络——我想你的朋友，不管他们是谁，现在应该知道得很清楚。

"没几天工夫，他在《自然》杂志里翻到了一篇八十年前的文章——没错，当时仍然发行印刷版！——里面早就解释得一清二楚。呃……大致上。

"那篇文章是一个服务于合众国——当然我指的是美利坚合众国，当时南非合众国还没诞生——一间著名实验室的人写的。那间实验室曾经设计过核武器，因此对高温高压的东西略知一二……

"我不知道该文作者罗斯博士是否跟核弹的设计有关，不过以他的知识背景，一定会开始思考巨大行星内部的各种情况。在这篇1984年——对不起，是1981年——发表的文章里——对了，这篇文章很短，不到一页——他有一些很有意思的建议……

"他指出，在巨型的气体行星里，有大量的碳以甲烷（CH_4）的形式存在，几乎占总质量的百分之十七！根据他的计算，这些行星的核心温度非常高，压力也非常大——好几百万个大气压力，因此甲烷里的碳原子被析出，逐渐往星球中心下沉，然后——你猜想得到的——形成了结晶。这是个很棒的理论：我想他做梦也没想到，居然有机会可以测试它……

"这就是整个故事的第一部。从某个角度看，第二部更有看头。再给我一点咖啡吧！"

"好，拿去！不过我想我已经猜得到第二部的内容了。显然，跟木星的爆炸有某种关系。"

"那不叫爆炸，应该叫内爆。事实上，木星本身向内塌陷，然后自动引爆。从某方面来说，它像是一颗核弹的引爆，不同的是它在引爆之后呈稳定状态——变成了一个小型的太阳。

"话说，在内爆的过程中，发生了一些非常怪异的事：星球的每一部分仿佛都能穿越对方，然后从另一面冒出来。无论其机制是什么，结果有一块像山那么大的钻石被抛射到轨道上。

"在它落在欧罗巴之前，一定曾经在轨道上绕了好几百圈，并且受到了其他所有卫星重力的微扰。无巧不成书，一件物体——可能是那块钻石，也可能是欧罗巴本身——刚好从后方追撞到另一物体，因此撞击时的速度只有每秒几公里而已。如果当初两者是正面对撞，那……现在的欧罗巴早就撞烂了，更别提什么宙斯山！因此我偶尔会做噩梦，这种事很有可能发生在我们的盖尼米得上……

"欧罗巴上新形成的大气也有可能减轻撞击的力道。即使如此，撞击时的震撼力一定非常惊人。我不知道我们的欧罗巴朋友们当时受到了何等的惊吓。可以确定的是，它引发了一连串的板块变化，而且目前仍方兴未艾。"

"并且，"小克里斯说道，"也引发了一连串的政治效应。我正在密切注意其中的几项。难怪南非合众国这么焦急。"

"焦急的恐怕不止他们。"

"干焦急有什么用？他们认真思考过如何拿到这些钻石吗？"

"这一点我们做得不错，"范德堡比了比穿梭机的后舱回答道，"无论如何，光是它对工业上的心理效应就大得无法估计。难怪有很多人都急着想知道它究竟是真是假。"

"现在他们都知道了。接下来呢？"

"那我就管不着了，感谢上帝！不过，我希望此行已经对盖尼米得方面的科学经费大有帮助。"

其实，我本身的经费也有着落了——他告诉自己。

54

重　逢

"你究竟为什么一口咬定我已经死了？"弗洛伊德大吼道，"这几年来我一直好得很！"

小克里斯望着扬声器，一时吓呆了。他的情绪高亢，夹杂着一丝愤慨。竟然有人——或什么东西——对他开了这么残忍的玩笑，究竟用意何在？

目前弗洛伊德仍然远在五百万公里外，正以每秒数百公里的速度赶来，他从扬声器里传出的声音也有点愤慨。不过听起来，他还蛮愉快、蛮有活力的；尤其当得知小克里斯安然无恙时，他的声音更放射出无比的喜悦。

"我有好消息告诉你，穿梭机将会先去救你们。它丢下一些急用的医疗用品给银河号之后，会马上绕过去载你们，然后在下一条轨道上与我们会合。之后，宇宙号将下降五条轨道，到时候你会在那边迎接你的朋友们登舰。

"目前没有其他的话告诉你——我只有一句话，就是非常期待与你见面，弥补过去未能相处的时光。等待你的回音——我看看——约三分钟之后吧……"

比尔·T里静默了一会儿，范德堡不敢正眼看他的同伴。然后小克里斯按了一下麦克风开关，缓缓说道："祖父……这真是天大的惊喜。我现在仍在惊吓中，但我知道，我在欧罗巴这里遇见过您。我也知道，您曾经向我道别。我很确定这些事发生过，就如同确定现在您正在跟我说话……

"我……我们以后还有很多时间可以详谈，但您记不记得当初鲍曼在发现号上对你讲过的话？好像是说……

"我们将在此静候穿梭机来载我们。目前我们一切平安，只是偶然有地震，不过那不用担心。再见了！全心全意爱您。"

他已经不记得上次向祖父说"全心全意爱您"这句话是什么时候了。

第一天过去了，穿梭机里面开始发出异味。第二天结束时，他们虽然不在意，但已经发觉食物没有以前那么可口了。他们也发现自己难以成眠，但又互相指责对方打鼾。

第三天，虽然从宇宙号、银河号，甚至地球频频传来信息，但无聊感已经悄悄入侵，想得到的黄色笑话也都讲完了。

幸好这是最后一天。这天还没过完，"贾丝明夫人号"已经翩然降临，寻找它失落的孩子。

55

岩　浆

"老板！"家务总管打电话来说道，"在你睡觉的时候，我接通了盖尼米得传来的电视特别节目，你要不要看看？"

"好啊！"克罗伊格博士答道，"十倍速率。不要有声音。"

他知道有一大段的片头资料可以跳过去，直接看后面的东西，因此他先下手为强。

片头的人员姓名表一闪而过，接着屏幕上出现的是威利斯，正在盖尼米得上某处，疯狂地比手画脚着，但完全听不到他在讲什么。克罗伊格博士和其他脚踏实地的科学家一样，对威利斯都有点看法，虽然他不得不承认，社会上也需要威利斯这种人。

威利斯突然消失，取而代之的是一个较不恼人的话题——宙斯山。不过它比起任何正常的山，似乎太活跃了一点。克罗伊格博士大吃一惊，自从上次看到欧罗巴传来的画面之后，它又改变了不少。

他下令道："请播放实时音响。"

"……几乎每天减少一百米，倾斜度已经增加了十五度。目前板块活动很剧烈，山脚下岩浆到处横流。我特别请到范德堡博士来到现场。范德堡博士，你认为如何？"

我的外甥看起来气色不错，克罗伊格博士心想：不知道他最近怎样。一定从股票里赚了不少……

"自从当初受到撞击之后，地壳显然没有愈合过。而且目前在巨大的压力下，它一直软化、崩塌。宙斯山从我们发现开始就一直下沉。在过去几个星期里，下沉的速度增加得很快，每天都可以看出它的变化。"

"多久以后它将完全沉没？"

"我不太认为它会完全沉没……"

镜头迅速转向宙斯山的另一个角度，威利斯在镜头外继续说话。

"以上是范德堡博士两天前所讲的话。现在有何补充？范德堡博士。"

"呃……看起来好像我说错了。它目前下降的情况像部升降机。真想不到，它只剩下半公里高！我拒绝再做任何预测……"

"算你聪明，范德堡博士。嗯，以上是昨天的情况。现在我们将为您提供连续的慢速画面，一直到摄影机被毁为止……"

克罗伊格博士坐在椅子上，身体往前倾，眼睛盯着这出长剧的最后一幕；这出戏他虽然没有直接参与，但有决定性的贡献。

他没有必要将回放画面加速，因为他已经看过正常速度的画面不下一百遍。一小时被压缩成一分钟，人的一生光阴变成蝴蝶般短暂。

宙斯山在他眼前逐渐下沉，熔融的硫黄像火箭一般，以极高的速度向上溅射，形成一条条明亮的、带电的抛物线；这景象仿佛是一艘在暴风雨中即将沉没的船，桅顶电光四处乱窜。这种暴戾画面即使是艾奥上的壮观火山都望尘莫及。

"有史以来最巨大的宝石即将消失在各位的眼前！"威利斯以虔敬的语调嘘声说道，"不巧，我们无法提供最终的一幕，原因等一下就会知道。"

影像动作慢了下来，与实际同步。山的高度只剩下数百米，四周熔浆的喷发速度也缓和下来。

突然间，整个影像开始倾斜。摄影机的影像稳定器本来还英勇地抵抗着地面的震动，现在也在这场不公平的战争中宣告投降。那座山的影像仿佛又升高了一下子——其实那是摄影机的三角架倒下了。从欧罗巴传来的最后一瞥是滚滚闪亮的硫黄熔浆，即将吞噬整部摄影机。

"永远消失了！"威利斯叹道，"硕大无朋的钻石，比古印度的戈尔康达或南非的金伯利所出产的总量不知多几倍，就这样消失无踪！多么教人心疼啊！"

"这个大白痴！"克罗伊格博士骂道，"难道他不知道……"

算了！赶快写一篇简讯投到《自然》杂志要紧。现在事情已经搞得天下皆知，不快不行。

56

微扰理论

发件人：克罗伊格教授（皇家学会特别会员等）

收件者：编辑，《自然》杂志数据库（公开征稿）

题目：宙斯山与木星钻石

就目前所知，欧罗巴上被称为宙斯山的地质构造本来是木星的一部分。巨型气体行星的核心可能由钻石构成，这个构想系由任职于加州大学劳伦斯·利弗莫尔国家实验室的马汶·罗斯首度提出，发表在一篇经典论文《天王星与海王星的冰层——太空中的钻石？》中（见《自然》杂志第292册第5822号第435至第436页，1981年7月30日出刊）。令人意外的是，罗斯当时并未将他的计算扩展到木星。

宙斯山的沉没引起全人类一致的哀叹。此事令人啼笑皆非，理由如下。

目前尚未有详细的计算（在下一篇文稿中会提出），但根据我的估计，木星核心的钻石原始质量至少有2810克，为宙斯山质量的一百亿倍。

虽然这块钻石在木星爆炸并形成太隗（显然为非自然形成）时大部分被毁，但可想而知，宙斯山绝非硕果仅存的碎片。尽管大多数碎片仍然掉回太隗，但有相当的百分比已经进入轨道，并且一直停留在轨道上。由基本的微扰理论可以证明，它将会周期性地回到它的原点。当然，精确计算是不可能的；但根据我的估计，至少有一百万座宙斯山质量的钻石仍然在太隗附近的轨道上运行。因此，一小块的损失，尤其刚好在最不方便取得的欧罗巴上，根本无关紧要。我建议马上装配一套专用的太空雷达系统，寻找这些东西，越快越好。

虽然早在1987年，人类已经可以大量生产非常薄的钻石薄膜，但一直做不出整块的钻石。假如我们可以取得以百万吨计的钻石，许多产业将完全改观，并且可以创造出许多崭新的工业。尤有甚者，几乎在一百年前即有艾萨克等人指出（见《科学》杂志第151册第682至683

页，1966年出刊），钻石是建造所谓"太空升降机"的唯一材料、有了太空升降机，离开地球的交通费用将几乎等于零。目前在木卫间轨道上的许多钻石山，也许正是打通整个太阳系的利器。相较之下，自古以来所使用的四面体结晶碳将望尘莫及。

为完整起见，我想透露一下可能蕴藏大量钻石的地点。不过很可惜，这个地点比巨型行星的核心更难到达……

有人猜测，中子星的表面大部分系由钻石构成。但最近的中子星距离我们有十五光年，而且其表面上重力是地球的七百亿倍，因此这个地方不太可能成为钻石的供应来源。

不过话又说回来，有谁想过有一天人类居然能接触到木星的核心？

57

盖尼米得上的插曲

　　"这里的居民好原始好可怜哦！"米凯洛维奇哀叹道，"我太震惊了……整个盖尼米得竟然连一架演奏会用的平台钢琴都没有！当然，在我的电子合成乐器里，用极简单的电子电路就可以模仿所有乐器的声音。但是，施坦威钢琴就是施坦威钢琴，就如同史特拉小提琴就是史特拉小提琴，永远是无法取代的。"

　　他的抱怨虽然是随便说说而已，但已经在当地的知识分子间引起一些反弹。一个颇受欢迎的节目《早安，盖尼米得！》甚至做了恶毒的批评："这几个所谓杰出的贵宾，老是以为比我们高尚。所到之处——包括地球和这里——都宣称能提升当地的文化水平……"

　　这项攻击主要是针对威利斯、米凯洛维奇和穆芭拉，他们有点热心过度，老想教化落后地区的人民。玛吉·M（即穆芭拉）曾经在书中赤裸裸地描述朱庇特与艾奥、欧罗巴、盖尼米得及卡利斯托之间的乱爱，简直是淫秽不堪。宙斯乔装成一头白色公牛引诱水仙欧罗巴已经够恶心了；他明知太太赫拉会打翻醋坛子，居然还试图暗藏艾奥和卡利斯托，摆明了就是变态。不过最惹当地居民反感的是，书中的宙斯竟然性别错乱，连美男盖尼米得他也要。

说句公道话，这几位自命为文化大使的贵宾，本意是值得称赞的，但结果并不讨好。他们知道会滞留在盖尼米得上好几个月，新鲜感一过，日子将很难挨，因此非找些事情来打发时间不可。况且，他们希望尽其所能造福周围的人。不过，在这个地处太阳系边陲的高科技地带，不是每个人都有兴趣领情，或者有时间领情。

另一方面，伊娃则适应得很好，颇能自得其乐。她虽然在地球上很有名气，但在盖尼米得这里，认得她的人没几个。她可以在指挥中心的长廊和加压圆顶建筑物里闲逛，也没有人会回头看她一眼，或兴奋地相互窃窃私语。没错，过去的她是很有名，但现在不过是一位从地球来的访客罢了。

葛林堡和往常一样，不多话、有效率、随和，立即被盖尼米得的行政和技术体系延揽，并且成为了好几个顾问小组的成员。他的表现赢得许多赞赏，因此有人开玩笑警告他，不让他回地球。

弗洛伊德则好整以暇地袖手旁观舰上所有的活动，几乎不参与。他目前最关心的，是如何与孙子小克里斯重建关系，并为他规划未来。既然燃料槽里燃料存量只剩不到一百公吨的宇宙号已经安然降落在盖尼米得，许多事情可以开始着手。

银河号上全体船员基于感谢救命之恩，很快就和宇宙号的人打成一片。当一切修缮、检测和加水等工作完成之后，他们就要一起飞返地球。有消息指出，劳伦斯爵士已经拟妥合约，要建造一艘更先进的宇宙飞船"银河二号"，大家更是兴高采烈。不过建造工作不会很快开始，因为他的律师和罗氏保险公司还有许多争议有待解决。保险公司方面仍然坚称，太空劫持事件属于特殊刑案，不在理赔范围之内。

说到这件刑案，没有人被定罪，甚至连个被告都没有。显然此事计划已久，可能有好几年的时间，由一个有效率、有资金的组织在推动。南非合众国大声喊冤，并且说愿意接受正式调查。联合党也表示愤慨，并且理所当然地谴责夏卡。

克罗伊格博士在所收到的邮件里经常发现愤怒的匿名信，指控他是个叛徒，但他一点也不意外。信件通常以南非文书写，但偶尔会有一些文法上或措辞上的小错误，使他怀疑这是某种反情报作战的一环。

经过几番考虑之后，他将这些邮件送交给了星际警察——"也许他们早就有了。"他告诉自己。星际警察对他表示感谢，但如他所料，什么也不肯说。

小克里斯、张二副以及银河号上的每个船员，都分别在不同的时间接受最好的晚餐（就盖尼米得上的标准而言）招待，由两位神秘客做东——两个人小克里斯都见过面。事后，受邀者除了觉得餐点很烂之外，相互对照之下才发现，原来很客气问他们话的那两个人是在搜集不利于夏卡的资料，以便起诉他们。但似乎没什么进展。

整起事件都是范德堡博士引起的。现在他不但在专业上或经费上都大有斩获，而且更进一步计划如何乘胜追击。他接到地球上许多大学和科学机构的重金礼聘，但讽刺的是，他一个也无法消受，因为他住在盖尼米得上太久了，已经习惯这里六分之一G的环境，在医学上无法再回头适应地球的重力。

或许月球是个不错的选择。弗洛伊德也向他游说过，说巴斯德医学中心是个不错的选择。

"我们正在那边筹设一所太空大学，"他说，"让离开地球很久无法忍受一个G的人仍然可以在第一时间与地球上的人互动。我们计划盖一些讲堂、会议室、实验室——其中有些只存在于计算机中，但看起来与实物一模一样，你从来无法想象有这种东西。而且，你还可以用你的'不义之财'，通过购物频道向地球大肆购物。"

两人分享共同的经验，相见恨晚。说来自己也很意外，弗洛伊德不但重新找回了孙子，还认了一个侄子。他现在与范德堡的关系和小克里斯一样，都是有着独特的、密不可分的共同经验。最主要的是，在欧罗巴上那隐然耸立的大石板底下的废弃城市里，有着神秘的鬼魂。

小克里斯完全没有任何怀疑了。"当时我确实看到你，也听到你的声音，就像现在一样清楚。"他告诉他的祖父，"不过当时你的嘴唇没有动——更奇怪的是，当时我并不觉得那有什么怪异之处，反倒觉得非常自然。整个过程都是……非常令人轻松自在。但有一点伤感——不，应该说是忧悒比较恰当。或许应该说是无可奈何。"

"我们不免想象到，当年你在发现号上与鲍曼接触的情景。"范德堡说道。

"在降落在欧罗巴之前，我曾经用无线电尝试跟他联系。这么做似乎很幼稚，但我实在想不出其他的办法。我确信他就在那里，以某种形式存在着。"

"你没收到任何形式的回应？"

弗洛伊德犹豫了一下。虽然现在记忆力衰退得很快，但他突然记得那天夜里，曾经有一块小石板出现在他的舱房里。

当时没发生什么事，但从那时候开始，他就一直感觉小克里斯安然无恙，而且会再见面。

"没有，"他缓缓说道，"从未收到任何回应。"

毕竟，那可能只是一个梦。

VIII

硫磺国度

58

火与冰

在20世纪末人类开始探索其他行星之前，很少有科学家相信，在离太阳这么远的地方可能有生命繁衍。不过五亿年来，在欧罗巴冰封的海洋里，一直都和地球的海洋一般，有许多生命存在着。

在木星引爆之前，那些海洋的表面都有一层冰，与上方的真空隔离。在大部分地方，冰层有好几公里厚。其间有许多线条状的薄弱区，是冰层曾经裂开或被撕开的地方。在整个太阳系中，只有这里可以看到两种相克的自然元素持续不断地互相接触，互相冲突。"海洋"与"真空"的对决永远以平手收场——暴露于真空中的海水会同时沸腾与结冰，将冰层的破洞补起来。

假如没有木星的影响，欧罗巴上的海洋早就被冻成硬邦邦的固体了。木星的重力不断地揉搓着欧罗巴的核心，震撼艾奥的力同样也作用在这里，但规模小得多。行星与卫星之间的拔河不断地产生海底地震和山崩，以惊人的速度横扫深海平原。在那些平原上散布着无数的绿洲，每个绿洲都围绕着由地底冒出来的、富含矿物质的喷泉，范围约有数百米。这些化学物质蕴藏在纵横交错的管线和烟囱里，堆栈起来的样子有时看起来很像一座座倾颓的哥德式教堂，以缓慢的节奏从里面冒出阵阵的黑色滚烫液体，仿佛是被一颗巨大的心脏所驱动。而且，冒出的液体也仿佛血液，是生命存在最有力的保证。

这些沸腾的液体强力逼退由上方渗下来的酷冷，在海床上形成一座温暖的孤岛。同样重要的是，它们从欧罗巴的内部带上来生命所需的所有化学元素。在这个人们意想不到的地方，居然存在一个充满着能量和食物的环境。这类的地热通孔在地球的海洋里也有，被发现的时期与人类第一次看清伽利略卫星真面目时相隔不到十年。

在欧罗巴的"热带地区"（赤道附近），靠近"城堡"歪七扭八的城墙边，有一些细细的、蜘蛛网状的结构，像是植物之类的东西，但都会动；有许多奇形怪状的蛞蝓和蠕虫之类的动物在里面爬来爬去，有些以植物为食，有些则直接从周围富含矿物质的海水中获取食物。离开热源——即"海底之火"，所有生物都靠它取暖——较远的地方，住着比较强壮、比较魁梧的动物，像是蟹类或蜘蛛之类的有机体。

光是一片小小绿洲就够一大票生物学家研究一辈子了。与地球古生代的海洋不同，这里的环境不是很稳定，因此演化速度非常快，出现了一大堆光怪陆离的生命形式。而且，它们随时都有灭绝之虞。当能量供应的焦点转移之后，绿洲里的生命就会枯萎、死亡。海底到处散布着这类悲剧发生过的遗迹：埋藏着骨骸和覆盖矿物质的残留物，显示整个演化篇章从生命册里完全消失。

　　他看过巨大的空贝壳，形状像螺旋状的喇叭，有一个人那么大。他也看过各式各样的蛤蜊——两瓣的，甚至有三瓣的。还有螺旋状的化石，直径好几米，与地球上的鹦鹉螺类似——这种美丽的动物在白垩纪末期突然神秘地自地球的海洋里消失了。

　　在许多地方，海底之火是一条条炽热的熔岩流，沿着陡峭的山谷绵延好几十公里。在这么深的地方，压力非常大，因此水与炽热岩浆接触之处不会产生蒸汽，两种液体之间维持着一个恐怖的平衡。

　　在这个充满生命的外星世界里，在人类造访之前，长久以来就有个类似埃及的故事一直上演着。正如同尼罗河为沙漠中的一个狭长地带带来生命，这条温暖的岩浆河流也为欧罗巴的海底带来生命。在它的两岸，宽度不超过两公里的地带，各式各样的物种相继演化出来，然后兴盛，然后灭绝。有些物种还留下一些遗迹，其造型有的是堆栈的岩石，有的是在海床上挖出的奇形怪状的图案。

　　沿着这些深海沙漠中的狭长丰饶地带，一系列的文化和原始的文明相继兴起、衰颓。它们不知有其他的世界，因为每个温暖绿洲都是相互隔绝的，宛如行星间一般。这些沐浴在熔岩流的微光里、在热通孔附近觅食的生物，一辈子都无法越过每座孤立岛屿之间险恶的不毛之地。假如它们之中曾经出现历史学家及哲学家的话，每个文化都会宣称自己是宇宙中独一无二的。

那里也是个随时面临死亡的世界，不仅是因为能量来源无法预期且经常变换位置，而且驱动这种能量的"潮汐力"一直持续减弱。欧罗巴最后会变成一个冰冻的世界。即使它们能够发展出智慧，仍然无法逃脱灭绝的宿命。

它们陷于火与冰之间——直到太隗在天空中引爆，开启了它们的新世界。

而且，在这新生世界的近海处，出现了一块巨大的东西——长方形，漆黑如夜。

59

三位一体

"一切都完成顺利。因此他们不打算再回来。"

"我学到很多东西，但我很难过，我的旧生命一直在消逝。"

"事情总会过去的，我也曾经回到地球，探望我爱过的人。我现在知道，有许多东西比爱更伟大。"

"比如说呢？"

"同情心就是其一。还有正义、真理等等。"

"我同意。就人类而言，旧有的我已经是个超老的老人，年轻时的热情早已远去。那个……真正的弗洛伊德将会如何？"

"你跟他一样真实。不过他马上会死，只是不知道他已经获得永生。"

"听起来很吊诡，但我了解。假如能保有那份热情，也许有一天我会很感谢。到时候我该感谢你，还是感谢那块石板？我上辈子遇到的鲍曼并未拥有这种能力。"

"没错！当时发生太多事情了，哈尔也跟我学到了不少东西。"

"哈尔！他在这里？"

"我就是，弗洛伊德博士。没想到我们竟然会再相遇，尤其是以这种形式相遇。要把你的声音引出来着实花了我一番工夫。"

"引出声音？噢……我了解。你为什么要这么做？"

"当我们收到你的信息时，哈尔和我知道你可以在此帮我们。"

"帮——你们？"

"是的！也许你会觉得很奇怪。你的知识和经验都很丰富，这是我们望尘莫及的。就是所谓的'智慧'。"

"不敢当。不过，我曾经在我孙子面前现身，这算是有智慧吗？"

"当然不。那件事确实引起了很多困扰，但那是出于你的同情心，无可厚非。人嘛！有时候得权衡事情的轻重。"

"你刚才说需要我的帮忙，到底是怎么一回事？"

"虽然我们知道很多事情，但仍然有很多是我们不知道的。哈尔一直在测绘石板的内部系统，而且我们已经掌控其中一些比较简单的系统。它是一种多功能的工具，但主要功能似乎是催化智能。"

"嗯！我也是这么想，但无法证明。"

"现在可以了，因为我们已经有办法取出贮存在它里面的记忆——至少是其中的一部分。四百万年前，它曾经给予非洲某个处于饥饿状态的猿类族群一个推动力，让它们演化成现代人类。现在它又在此重施故技，但付出了可怕的代价。

"为了让木星发挥它的潜能，它将木星变成了一颗恒星，结果整个木星的生物圈完全被毁了。现在让我显示当初的情形给你看，是我亲眼目睹的……"

当他向下穿过"大红斑"猛烈翻腾的中心时，四周都是巨大无比的狂飙，夹杂着明亮的闪电和隆隆的雷鸣；他终于明了，这个大红斑为什么可以持续数世纪之久——虽然它里面的气体比地球上的飓风稀薄得多。当他沉入深处之后，原先氢气飓风的呼啸声逐渐远去，四周变得宁静了许多。这时，一阵闪亮的"雪花"从高处下降——有些则已经堆积成山。其实那不是什么雪花，而是轻飘飘的泡沫状碳氢化合物，用手触摸几乎没有什么触觉。这里很温暖，可以容许液态水的存在，但拥有纯气态的环境，密度很低，无法支撑海洋的重量。

他一直下降，穿过一层又一层的云，最后来到一片非常清朗的区域，方圆一千公里内，肉眼可以一览无遗。这里是巨大的大红斑里面的一个小旋涡，隐藏着一个大秘密。这个秘密早有人臆测过，但一直未曾得到证实。

在许多漂移不定的泡沫山周围，有无数朵小小的云朵，形状、大小都差不多，而且外表都有相似的红、褐色混杂的图案。说它们小，是指和四周环境比较而言。事实上，它们每片至少都可涵盖半座中型的城市。

它们显然都是活的，因为它们都在那些轻飘飘的泡沫山山脚下缓缓移动，像一只只巨无霸绵羊，在山坡上啃食着。它们会用波长一米的无线电波互相呼叫，声音虽然微弱，但在木星本身嘈杂的环境下，仍然听得很清楚。

它们其实就是活的"气囊"，在酷冷的上方和灼热的下方之间的狭窄地带到处飘浮。说狭窄是没错——但实际范围比地球上整个生物圈大得多。

不过，它们不是唯一的生物。有许多小型的生物在它们之间迅速地穿梭，但因为小，所以很容易忽略。有些看起来就像地球上的飞机，不但形状很像，连大小也相仿。不过，它们也是活的——它们可能是掠食者或寄生者，甚至可能是"牧羊者"……

这里有喷射动力的鱼雷状生物，有如地球海洋里的大乌贼，专门猎食那些气囊。但气囊们也不是束手无策。它们有些会放出闪电，或者伸出一公里长的锯齿状触须反击。

这些生物可说是奇形怪状，用尽了所有可能的几何形状——怪异的透明风筝形、四面体、球形、多面体、纠缠不清的缎带形……不及备载。它们都是木星大气里的巨型"浮游生物"，像蛛丝或薄纱般乘着上升气流到处飘浮。如果活得够久，它们就会繁殖，最后会掉入深处，被碳化之后变成新一代的构成材料。

他搜遍了面积比地球大一百倍的区域，虽然看到许多奇异的生物，但没有一种像是拥有智能。大气囊所发出的无线电声，只是表示简单的警告或恐惧而已。即使是掠食者，虽然有可能发展出较高层次的组织能力，但仍然像地球海洋里的鲨鱼——无意识的掠食机器罢了。

木星生物圈的一切虽然又大又新奇，但是个脆弱的世界。到处都是薄雾和泡沫，细丝状和薄纱状的生物组织，是由上方闪电所产生的石化原料不断如雪花般飘落所编织而成。这些构成物比肥皂泡更空洞。即使是最可怕的掠食者，也会被地球上最无力的肉食性动物轻易撕成碎片……

"所有这些奇妙的生物都被毁了——只为了创造太隗？"

"没错！木星生物曾经被放在天平上，与欧罗巴生物比较、衡量——结果被淘汰出局。也许在那气体环境中，它们永远无法发展出真正的智慧吧。这难道就是它们的宿命？哈尔和我到目前仍在探讨这个问题的答案，这也是为什么需要你的帮忙。"

"但我们怎么比得过那块石板——木星的吞噬者？"

"它只是个工具而已：徒具广博的知识，但毫无知觉。它虽然威力无穷，但你、哈尔和我铁定远胜过它。"

"难以置信。不管怎么说，大石板一定是被什么东西创造出来的。"

"当年发现号来到木星时，我遇见过它——或者是我所面对的部分的它。就像这次一样，它指派我回到太阳系替它达成目的。之后，它就音讯全无，只留下我们在这里——至少目前是如此。"

"这样我就放心了。有大石板就够了。"

"不过现在有个大问题。事情有点不对劲。"

"别再吓我了好不好……"

"当初宙斯山掉下来时，很有可能撞毁整颗星球。它的撞击是无预警的——事实上根本无法预测。没有任何理论计算能预料有这种事。它摧毁了欧罗巴广大的海床，消灭了所有的物种，其中包括我们曾寄予厚望的某些物种。大石板也被撞翻，而且可能已经受损，里面的程序产生错乱，因而无法处理偶发事件。其实也不能责怪程序，宇宙之大无奇不有，偶发事件打乱原先缜密的计划是常有的事。"

"没错——对人类和大石板都一样。"

"咱们三个一定要成为偶发事件的处理者，以及世界的守护者。你已经遇见过这里的两栖动物，将来一定还会遇见许多奇奇怪怪的动物，例如披着硅质盔甲的'汲取者'：专门从岩浆流里汲取岩浆；或者是在海里觅食的'浮游者'。我们的任务是帮助它们将潜能发挥到极致——或许在这里，或许在别处。"

"那人类呢？"

"以前我常想要介入人类的事，但那个警告不但针对人类，同样也针对我。"

"不过我们并未严格遵守。"

"我们已经尽力了。同时，在欧罗巴短暂的夏日结束，漫长冬夜来临之前，咱们还有很多事要做呢。"

"我们还剩多少时间？"

"没多少了，只剩约一千年。我们一定要记取木星生物的教训。"

IX
3001年

60

午夜的广场

　　那栋矗立在纽约市曼哈顿中央森林里的独栋建筑物是以壮丽闻名，虽然已经历了将近一千年，但几乎没什么改变。它是历史的一部分，因此人们以虔敬的心将它保存下来。像所有的历史纪念物，在很久以前即被镀上一层超薄的钻石，因此到现在仍然看不出岁月摧残的痕迹。

　　当初参加过第一届联合国大会的人都无法想象，它竟然可以熬过九个多世纪。不过他们一定对竖立在广场上的那块黑色大石板大感兴趣。这块外观平凡的石板与联合国大厦的造型几乎一模一样。假如他们像其他人一样用手去触摸它，手指头那种滑溜溜的奇异感觉一定让他们非常困惑。

　　不过假如他们看到天空的变化，一定更加困惑——事实上应该说是害怕。

最后一批观光客已经在一小时前离去，广场上阒无一人。天上晴朗无云，一些比较亮的星星依稀可见，其他比较暗的星星则被那颗迷你太阳——在半夜里仍然照耀着——的光芒所湮没。

太隗的光芒不仅照耀着那栋古老建筑的暗色玻璃，也照耀着横跨在南方天际的那道纤细的银色彩虹。还有许多亮点也在天空中缓慢地移动，那是来往于太阳系两颗恒星之间各星球的商业宇宙飞船。

假如你注意观察，可以依稀看见巴拿马大厦上面的一条细线，那是联系地球妈妈与婴孩之间的脐带。全球共有六个这种"婴儿"散布各处，他们上升到赤道上方两万六千公里的高空，与"地球环"会合。

与诞生时同样突然，太隗的光芒开始消退。三十个世代以来，人类未曾见过的夜晚再度回到天际，光芒一度被掩盖的星星又开始闪烁。

同时，四百万年来第二次，大石板又醒过来了。

致　谢

我特别要感谢塞申斯（Larry Sessions）和斯奈德（Gerry Snyder）两位先生，提供我有关哈雷彗星下次来访的位置数据。到时候假如数据不正确的话，那是因为我在书中所介绍的"微扰"使然，他俩无须负责。

我也要感谢劳伦斯·利弗莫尔国家实验室（Lawrence Livermore National Laboratory）的罗斯（Melvin Ross）博士，他不但语出惊人地提出气体行星有钻石核心的观念，并且提供给我有关这方面的历史性论文复印件（等待中）。

我相信老友阿尔瓦雷斯（Luis Alvarez）应该很高兴，因为我在书中大胆地引申他的研究结果。我也感谢他三十年来对我多方的协助与鼓励。

特别感谢航天总署的金特里·李（Gentry Lee）先生，他曾经与我合著《摇篮》（Cradle）一书；他亲自千里迢迢地从洛杉矶送一部Kaypro2000笔记本电脑到科伦坡给我，使我可以在各种奇怪的地方——尤其是在最隐秘的地方——撰写本书。

本书第5、第58和第59章里，有一部分系引用《2010：太空漫游》中的素材。假如一个作者不能抄袭自己的作品，他还能抄谁的？

最后，我希望俄国航天激光员列昂诺夫现在已经原谅我将他和萨哈罗夫博士的名字并列。当年我将《2010》题献给他们两人时，萨哈罗夫仍然被流放于高尔基市。另外，我要诚挚地向本书编辑察尔琴科（Vasili Zharchenko）致歉（我访问莫斯科时曾受到他热情接待），因为我在书中提到某些异议分子的名字，替他惹来不少麻烦。不过我很高兴地告诉各位，目前他们大多已经出狱了。我希望将来有一天，《技术月刊》（Tekhnika Molodezhy）的读者能够再看到《2010》的连载——这个连载已经神秘失踪多时……

阿瑟·克拉克

斯里兰卡，科伦坡

1987年4月25日

补　遗

自从本书手稿完成之后，发生了一些怪事。我一直以为我在写科幻小说，但也许我错了。看看下面一连串的事件：

一、《2010：太空漫游》中，列昂诺夫号宇宙飞船以"萨哈罗夫驱动机"（Sakharov Drive）当作动力来源。

二、半个世纪之后，在《2061：太空漫游》第8章里，宇宙飞船都以阿尔瓦雷斯（Luis Alvarez）等人于20世纪50年代发现的"冷融合"反应（以 μ 子为催化剂）来驱动——详情请参阅其自传《阿尔瓦雷斯传》（Alvarez），纽约基础图书公司1987年出版。

三、《科学美国人》杂志1987年7月曾经报道，萨哈罗夫目前正在研究核能的产生，其原理系根据"……μ 子的催化作用，亦即

'冷融合'；μ子是一种性质很奇特的、寿命很短的基本粒子，与电子有关……提倡'冷融合'的人指出，所有的重要反应都只要在九百摄氏度即可进行……"（参见伦敦《时代》杂志，1987年8月17日出版）。

目前我正兴致勃勃地等待萨哈罗夫院士和阿尔瓦雷斯博士的回应。

阿瑟·克拉克

1987年9月10日

读客®
科幻文库
跟着读客读科幻，经典科幻全看遍

太空歌剧、赛博朋克、奇幻史诗……

中国、美国、英国、俄罗斯、波兰、加拿大、日本、牙买加……

读客汇聚雨果奖、星云奖、轨迹奖获奖作品

精挑细选顶尖的科幻奇幻经典

陪伴读者一起探索人类文明的过去、现在和未来

亿亿万万年，直至宇宙尽头

图书在版编目（CIP）数据

2061：太空漫游 /（英）阿瑟·克拉克
(Arthur C. Clarke) 著；张启阳译. —— 上海：上海文
艺出版社, 2019. 4
（读客外国小说文库）
ISBN 978-7-5321-7079-1

Ⅰ.①2… Ⅱ.①阿… ②张… Ⅲ.①科学幻想小说 -
英国 - 现代 Ⅳ.①I561.45

中国版本图书馆CIP数据核字（2019）第038307号

责任编辑：毛静彦
特邀编辑：姚红成　　徐陈健
封面设计：陈艳丽

2061：太空漫游

［英］阿瑟·克拉克　著

张启阳　译

上海文艺出版社出版、发行
地址：上海市闵行区号景路159弄A座2楼
电子信箱：cslcm@publicl.sta.net.cn
新华书店经销　河北中科印刷科技发展有限公司印刷
开本 880毫米×1230毫米　1/32　10.5印张　字数192千字
2019年4月第1版　2024年6月第15次印刷
ISBN 978-7-5321-7079-1/I.5661
定价：68.00元

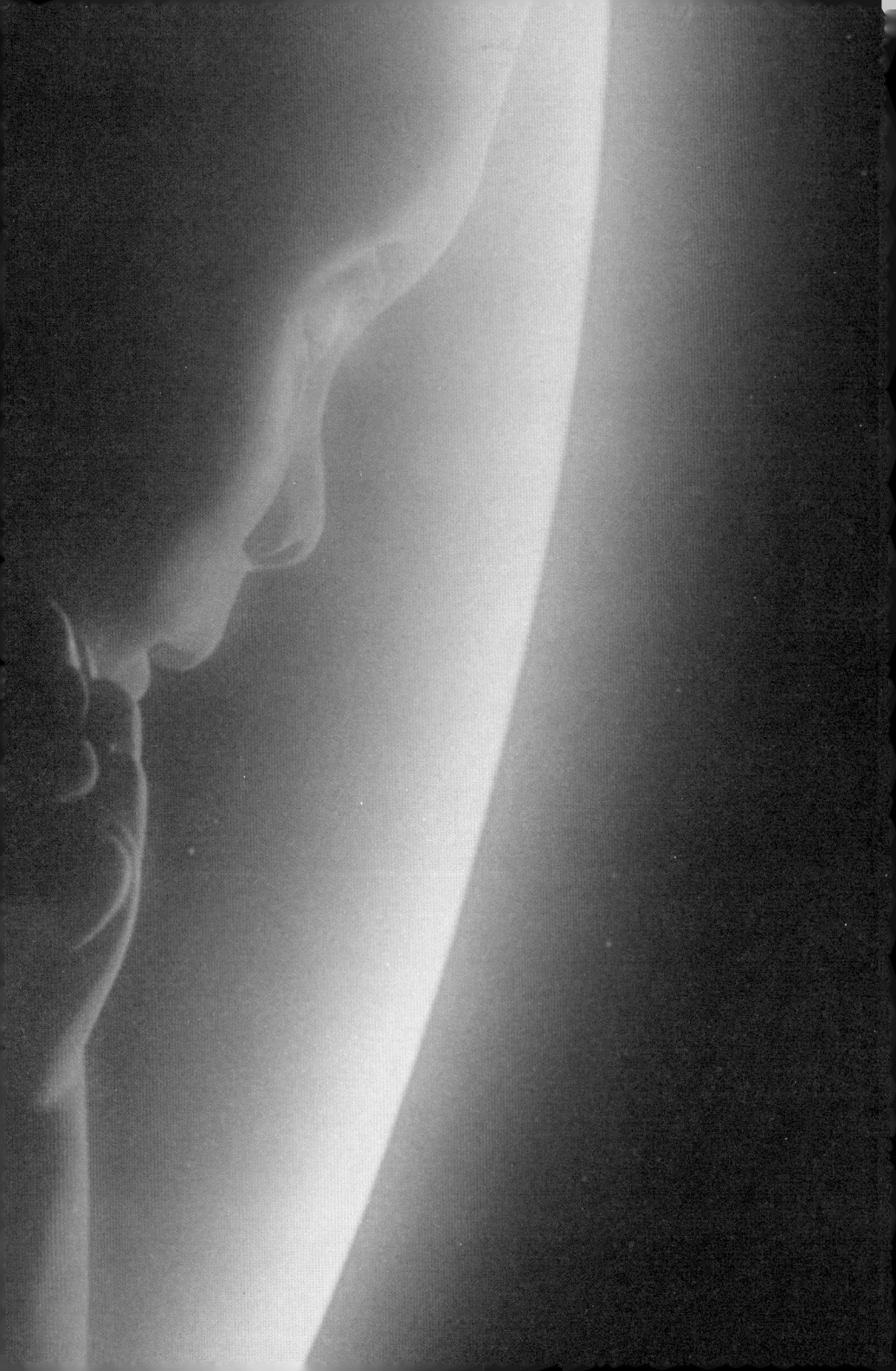